**Pour trouver son bonheur,
il faut en ch !**

« Toute représentation ou reproduction intégrale, ou partielle, faite sans le consentement de l'auteur ou de ses ayants droit ou ayants cause, est illicite et constitue une contrefaçon, aux termes des articles 122-4 et suivants du Code pénal. »

Ceci est une œuvre de fiction. Toute ressemblance avec des personnages ayant réellement existé serait purement fortuite.

© 2021 N.Koene, Nathalie
Édition : BoD – Books on Demand, info@bod.fr
Impression : BoD – Books on Demand,
In de Tarpen 42, Norderstedt (Allemagne)
Impression à la demande
ISBN : 978-2-3224-0642-5
Dépôt légal: Mai 2021

Couverture : © Ethan Joe Pingault

Pour trouver son bonheur, il faut en ch !

Nathalie N. Koene

« S'aimer soi-même est le début d'une histoire d'amour qui durera toute une vie. »

Oscar Wilde

« Si je peux le faire, tu le peux aussi. Je crois en toi. »

Nathalie N. Koene

Flashez-moi pour découvrir la playlist du livre

Note de l'auteure

Je suis persuadée que nous vivons tous, durant nos existences, au moins un évènement ou une circonstance extérieure qui nous change. Cette claque, ou ce gros coup de poing, qui nous étourdit tellement qu'il nous fait réfléchir. Si tu l'ignores, d'autres coups suivent, parfois par personnes interposées.

On appellera cet évènement ou cette circonstance « la traversée des sables mouvants de la zone de confort. »

Oui, c'est sans filet ! Oui, ça fait peur ! Pourquoi rester dans ta zone de confort si de toute façon ta vie ne te satisfait pas encore, ou pas assez ?

Attendre ? Mais attendre quoi ? D'être malade, de faire un burnout ? Ah oui ! De perdre ces fameux kilos en trop. Ce salaire ou ce poste, avec le titre qui va avec. Ou peut-être cette voiture.

Et à ce moment-là, tu me promets que ton sourire sera sur ton visage et que tu seras heureux.se ?

Permets-moi de bien rigoler ! Ça ne fonctionne pas comme ça ! J'ai moi-même passé des années à me dire « qu'après, je serais heureuse ».

Un jour, j'ai enfin arrêté d'attendre. Aucun psy ni coach ne m'a donné cette baguette magique grâce à laquelle tout se solutionne. Ils m'ont affirmé que j'avais des obstacles à franchir, des convictions et des fausses croyances à combattre. Mon choix était simple (d'après eux), soit j'y travaillais, soit je continuais à dormir dessus et à fantasmer sur cette fameuse baguette magique.

Avec la peur au ventre, je me suis lancée dans cette aventure avec moi-même, un voyage fait de montagnes russes. Il y a autant d'êtres humains sur Terre et que de significations du mot « bonheur ». N'empêche, il a été scientifiquement prouvé qu'il existe quelques points communs entre toutes ces significations. Notre bonheur dépend de certains facteurs comme se connaitre soi-même, s'accepter, s'entourer des bonnes personnes et avoir un but dans sa vie.

Petit à petit, j'ai appris quelle est la définition de mon bonheur. Nous le voulons tous, ce bonheur.

Je n'ai pas la recette miracle. J'ai essayé les exercices, les petits changements de perception et je les ai mis en application.

Pendant des années tu as aimé que tes parents, tes éducateurs réfléchissent pour toi, assument la responsabilité de tes propres erreurs. Puis, tu les as critiqués, tu leur as reproché tous les maux du monde. Et puis un jour, tu te réveilles et te rends compte qu'il n'y a plus personne pour te servir de punching-ball. Ce n'est plus qu'une histoire entre toi et toi.

Le bonheur est une philosophie, un choix de vie : le choix d'apprécier et de savourer le positif. Pour ce faire, sort des sentiers battus de ton éducation. Ose les erreurs, n'aie pas peur de tomber et relève-toi. Ce n'est pas facile de te dire que grâce à ces gestes, tu vas prendre conscience de ton existence.

Mon but n'est pas de comparer les épreuves vécues par l'un ou l'autre et d'en faire une échelle de difficulté. Ce sont les résultats qui sont intéressants. Ce que tu es devenu(e), ce que tu as compris pour toi-même. Je te souhaite de découvrir cette paix en toi et d'enfin t'aimer !

En conclusion, je te dis haut et fort que l'essentiel est d'apprendre ce qui est bon pour toi et surtout de t'écouter pour t'entendre. C'est devenu ma philosophie de vie.

Voici la vie d'Elsa et tout ce qu'elle a dû faire, subir et comprendre pour trouver sa philosophie de vie et comprendre son bonheur. Je te souhaite un excellent voyage.

****

Tu es le maître de ta vie. Tu es comme tu es. Entoure-toi de gens qui te respectent et qui t'aiment.

Si ce n'est pas le cas, fais le ménage ! Disparais de leur vie comme tu es venu(e).

Aime-toi d'abord ! Moi, le jour où j'ai décidé de m'aimer (oui, j'en ai fait un choix et une décision), je me suis achetée une bague, comme une alliance, et je me suis mariée avec moi-même.

La vie est courte, le temps passe et ne revient pas.

Dépense ton énergie pour toi-même parce que si tu ne vas pas bien, qui te donnera ton air, ta joie de vivre et te sauvera ?

Toi seul peux trouver ton bonheur, car il t'est propre. Ta famille, tes amis et ton cercle social sont ton plus, ton rayonnement et ton soutien.

Il y a toujours au moins une solution aux problèmes. Et si tu en trouves une, tu en trouveras une seconde.

Nathalie

Chapitre 1

Je suis belle, je suis heureuse, je m'aime et je m'apprécie. Je me connecte avec ce qui est bon pour moi. Je crois en moi ! Je me fais confiance !

Le fameux rituel mis en place par ma Béa en Espagne pendant ma thérapie. Elle m'a dit de le réciter tous les matins dans la salle de bain. Je me regarde, me souris, et à voix haute, je le lis.

J'avoue que depuis mon retour, j'ai évité cette rencontre avec moi-même. Aujourd'hui, c'est reparti, la journée du renouveau.

Dans le miroir, ma déconnade se transforme rapidement en un éclat de rire en découvrant ma coloration bleue royal… bleu tapant oui ! Même pas peur, je m'en fous, j'adore. J'en profite pour couper au carré. Inscrire sur ma to-do-list qu'en arrivant, je file chez le coiffeur.

Je détonne, avec mon allure de Wonder Woman. Un peu de blush, d'eyeliner et de rouge à lèvres rouge. Je me contemple dans le miroir de l'entrée, en jeans, baskets et t-shirt blanc. Ou plutôt, je m'admire. Je suis exactement comme je le souhaite, enfin moi-même ! Je respire.

Je finis ma valise, je pose le post-it sur l'oreiller, un coup d'œil à 360 degrés dans la chambre. Non, rien oublié, je dégage vite fait bien fait ! Je claque d'un bon coup la porte de l'appart. Ce n'était pas du tout nécessaire, mais ça me fait du bien. Surtout, ne pas se retourner !

D'un pas décidé, attention de ne pas m'étaler dans les escaliers, je descends les marches à toute allure. Mon Uber s'avance au même moment. Je suis en route pour l'aéroport d'Amsterdam, direction Nerja, en Espagne.

Heureusement, il n'y a pas de circulation. J'en profite pour jeter un œil sur mon portable. Vincent m'a déjà envoyé 20 WhatsApp, il veut sûrement me dire quelque chose d'important ! Cause toujours ! Je ne lis aucun message maintenant, même si la curiosité est forte, ça ferait tout rater. Je savoure. Le bonheur !

J'ai des messages de Béa ! Béa ! Deux mois déjà, aucun contact, même pas par téléphone. Je ne lui ai rien dit. Je ne peux pas lui mentir. J'attends de l'avoir revue pour tout lui annoncer. *Mettre sur ma liste « appeler Béa ».*

C'est marrant, dire que notre amitié, notre amour, a commencé dans l'avion, dont la destination était la même, il y a environ 10 ans.

Je me revois assise, en pleurs, siège 8A, celui du hublot, au milieu ton gilet, mon Papinou, et siège 8C, Béa. Je viens d'avoir 20 ans, elle 25. Ce voyage, c'est toi, Papinou, qui l'a voulu. Je fête mon anniversaire, seule.

Mon Papinou, mon grand-père, est mort subitement. L'hôtesse me tend un verre d'eau, un mouchoir, me souffle un mot gentil, mais rien ne me console. Pendant toute la durée du décollage de l'avion, mes larmes coulent, rien ne peut les arrêter.

Tu as tout programmé. On se ressemble tous les deux, notamment dans ce goût prononcé pour les cachotteries.

Grâce à toi, je découvre mon coin de paradis, Nerja, l'Andalousie, le balcon de l'Europe. Le plus beau des balcons surplombant la Méditerranée. On aperçoit l'Afrique en face. Un moment de bonheur intense et incompréhensible me traverse, alors que je le découvre pour la première fois.

Au départ, je suis tellement absorbée par ma profonde tristesse que je ne remarque pas Béa. Puis comme ça, de but en blanc, cette nana me lance :

— Ça va mieux, ma poule ?

Je m'étrangle avec ma propre salive et mes larmes qui coulent toujours sur mes joues. Je la regarde et éclate d'un rire franc. J'aperçois le regard inquiet de l'hôtesse, qui doit se demander si je fais une crise d'euphorie. Béa hoche la tête l'air de dire « t'inquiète, je gère ! ».

C'est ce jour-là, qu'on a fait connaissance, Béa et moi. Tu me l'as sûrement envoyée, mon Papinou.

On a beaucoup parlé, enfin surtout moi. Du cadeau, de ce voyage que tu as réservé pour mon anniversaire, de ces longues heures au téléphone où l'on refaisait le monde, à améliorer mon existence. Toi, le seul qui me comprenais, mon vrai confident.

Je sais bien que je n'en aurai plus jamais un comme ça.

Et me revoilà en train de chialer ! Comment je vais faire sans toi ? Je suis seule, maintenant ! Je ressens cette peine jusqu'au fond de mes tripes, comme une absence lourde à porter. Tantôt, je refuse de l'accepter et je t'appelle. Tu ne me réponds pas, bien sûr, alors j'écoute ta voix sur ta messagerie. Tantôt, je suis en colère parce que tu m'as abandonnée. Tantôt, je suis triste, abattue, au point de ne pas entrevoir l'espoir d'un jour ne plus l'être.

Béa écoute toujours, je n'ai plus entendu le son de sa voix depuis un moment. Sauf pour me dire, « attache ta ceinture, on arrive ! ». Tout ce temps, j'ai fait un monologue. Tout ce temps. Sans toi !

Béa profite d'une grande respiration de ma part pour me demander où je loge.

À l'époque, je n'ai aucune idée du nom de l'endroit, je l'appelle « *El Capistrano* village ». Béa m'explique que c'est un des plus beaux endroits de Nerja. Les immeubles d'appartements aux façades blanches, entourés de fleurs exotiques, de jardins bien entretenus et de piscines, se trouvent dans une résidence qui surplombe le village et la vue y est à tomber. Béa adore l'Andalousie, mais elle ne peut pas y séjourner, c'est trop cher pour elle. Nerja est son point de départ pour ses visites en randonnée ou à vélo.

Depuis, je suis retournée à Nerja des dizaines de fois. Je m'y rends à chaque fois que je veux me retrouver, me poser. Mais aujourd'hui, c'est différent. J'ai décidé d'aller y habiter !

L'embarquement est dans 17 minutes, il n'y a pas un instant à perdre. La tradition veut que j'achète des *Honey Mustard & Onion* bretzel et une bouteille d'eau. Encore un truc à la Béa, même sans elle à mes côtés, cela reste notre madeleine de Proust. D'après moi, le goût de ces bretzels n'existe qu'à cet endroit, dans cet aéroport. Rien que d'ouvrir le paquet, l'odeur me monte au nez et les souvenirs accourent.

Il m'aura fallu 10 ans pour comprendre que l'Espagne est *mi casa* !

Le signal d'attacher ma ceinture se déclenche. Je prends le temps de fermer les paupières et de me laisser emporter dans mes rêves, de respirer mon Espagne à moi, mon Nerja.

Il y a deux mois, Juan, le responsable de la résidence, m'a demandé si je connaissais quelqu'un à qui louer un appartement pour une longue durée, un an au moins. Les propriétaires ne veulent pas vendre pour le moment, ils ont des problèmes de santé. Sans hésiter, j'ai déclaré « moi, je veux ! ».

À partir de là, tout s'est mis en route. Mais motus et bouche cousue, même pas à Béa. Cette fois, c'est mon histoire, je dois faire ce pas seule.

Deux mois ont passé, depuis notre grosse fâcherie. Je comprends sa jalousie et son incompréhension, c'est normal, je ne lui ai rien dit. Ma Béa, mon ange.

Quant à Vincent, j'espère qu'il a bien mal ! Qu'il souffre ! Je suis aux abonnés absents. L'élève a dépassé le maître.

L'avion atterrit, je pousse un long et profond soupir. On arrive. Ma voisine me dévisage. Je souris en pensant « t'inquiète, ça roule, ma poule », comme le dirait Béa.

Chapitre 2

Je nais dans une famille où je ne dois m'inquiéter de rien, ne penser à rien, parce que l'on sait mieux que moi ce dont j'ai besoin. Mes parents considèrent presque que je leur dois le respect pour la simple et bonne raison que c'est grâce à eux que je respire.

Alors aimée à l'extrême, accueillie, désirée et choyée, mes parents me sortent dans la Rolls-Royce du landau de l'époque. Moi, tout ce qui m'importe, c'est d'avoir mes biberons à l'heure et qu'on ne me laisse pas dans un truc qui ne sent pas la rose. Si ces deux conditions très simples ne sont pas remplies, je me fais entendre ! C'est comme ça que l'on se comprend. À cette époque, ce système fonctionne vachement bien, parce que je ne dis pas un mot.

J'ai l'impression d'être la cheffe d'orchestre, de donner le tempo, mais c'est en fait eux qui me le donnent, tandis qu'ils me bercent et me baladent fièrement. Je suis leur composition. C'est normal aussi ! On les arrête dans la rue pour m'admirer, moi, Elsa, cette petite merveille, ce magnifique bébé, cette belle poupée.

Ensuite, je grandis, et je veux commencer à prendre les rênes de cette composition. Là, je déchante. Je persiste à vouloir donner le ton. Je mets des blanches et des noires et d'autres clefs dans toute cette partition, mais rien n'y fait. Ils ne changent pas. Ils ont reçu ce morceau composé spécialement pour eux. Tout doit aller comme ils veulent. Ils décident et aiment.

Je ris, je sème la joie de vivre, je déborde d'énergie, je charme. J'affronte les interdits.

— Elsa, ne saute pas dans la flaque d'eau !

Plouf, trop tard ! Dedans. Mon immense plaisir provient du fait que ça m'est interdit. Et la tête de ma mère est tellement drôle !

C'est comme cette fois où maman me demande d'aller chercher le courrier dans la boite à lettres. Wow ! J'ai 5 ans, je suis haute comme trois pommes, et rien que de me rendre seule au rez-de-chaussée est déjà un grand exploit pour moi. Dans mon enthousiasme, j'ignore les « mais tu fais comme j'ai dit et pas autrement. » Ce jour-là, je comprends, à renfort d'une claque, la véritable signification de cette injonction. En fait, c'est une obligation et non un choix. Toute la philosophie du « je pense pour toi » prend sens ce jour-là.

À cet âge, je développe aussi mon goût pour l'impartialité et mon dégoût pour l'injustice. Par exemple, je ne supporte pas la moquerie dans l'histoire de Dumbo. Que l'on ridiculise ce pauvre éléphant différent des autres, et séparé de sa maman en plus, est pour moi, encore à l'heure actuelle, une chose insoutenable et impensable. Dans ma tête, je dois le sauver, mais j'en suis incapable, alors je pleure d'impuissance et de colère.

À l'adolescence, mon caractère se construit dans le but d'être l'opposé de celui de ma mère. Le problème est que dans ma famille, c'est la mère qui décide, pas moi.

Au fur et à mesure des années, je commence à penser qu'à ma naissance, ma mère a reçu un mode d'emploi intitulé *Comment actionner une Elsa*.

J'ai envie de braver les interdits. D'ailleurs, pourquoi sont-ils proscrits ? Qui a dit ça ?

Ma mère et moi sommes tellement différentes l'une de l'autre. Un jour, elle a une nouvelle idée : il faut que je fasse une activité physique pour canaliser mon énergie. Elle pense que ça peut me faire du bien. La grosse blague, elle a juste oublié de tenir compte de mon côté créatif, fantaisiste ou tout simplement de moi et de mes envies.

Je m'inscris au cours de danse hip-hop. Je suis complètement excitée, je vais apprendre à danser comme Usher ! Évidemment, ma mère n'est pas d'accord avec le choix du cours de danse. Danser, oui, mais une jeune fille fait la danse classique ! Ce sera une occasion pour moi d'apprendre la discipline, le maintien et l'élégance.

Et donc je vais au cours, tout en rose, tutu, collants, et tout le bazar. En m'apercevant dans le grand miroir, je veux m'enfuir. Et pas comme une ballerine. J'entends derrière moi :

— Mademoiselle, soulevez vos pieds, s'il vous plaît !

— Désolée, madame, je dois vomir !

À cette époque, j'ai 15 ans et déjà toutes mes courbes. Pas besoin de lunettes pour voir que mon corps n'a rien de celui d'une danseuse étoile.

Je ne suis plus jamais revenue.

À partir de ce moment-là, trouver une idée de sport avec laquelle ma mère serait d'accord devient un véritable défi.

Je propose le basket, elle répond « volley ». Je suggère le judo, elle rétorque « aïkido ». J'évoque le chant, elle réplique « leçons de piano ». J'essaye une dernière fois avec l'équitation, elle ne jure que par l'escrime. Et, enfin, j'insiste pour la natation, là, elle dit non, tout simplement !

Tous ses refus ont leur raison : le judo donne des bleus aux jambes, la natation développe trop la carrure pour une fille, le club qu'elle m'a choisi n'organise que du volley, et pas du basket ; après tout, c'est aussi un jeu de ballon.

Le plan de ma mère est en fait que je rencontre mon futur mari grâce aux filles de l'équipe. On ne sait jamais, elles ont peut-être un frère ou un cousin intéressant.

J'applique alors la contradiction par principe : dès qu'elle lance « va à gauche », je vais à droite. Les rares fois où j'ai le choix, je ne fais jamais le bon.

De discussions en frustrations, je grandis, et le miracle attendu par ma mère se produit : je rencontre « un jeune homme bien comme il faut ».

J'ai maintenant 20 ans et un jour tu pars, mon Papinou, sans m'avertir. Je saisis alors la portée et la signification du mot « adieu » : on ne se voit plus, on ne se touche plus, on ne s'entend plus, on ne se sent plus.

Une surveillante surgit dans la classe en plein cours et m'interpelle devant tout le monde :

— Mademoiselle, venez avec moi, s'il vous plaît !

Je la suis dans le bureau et elle me tend le téléphone. Pourquoi ne m'a-t-on pas appelée sur mon portable ? Pourquoi passer par l'école ?

— Allo ?

La surveillante me laisse seule dans la pièce.

— Maman ?

Je reconnais le souffle de ma mère,

— Elsa, c'est ton grand-père !
— Quoi, Papinou ? Que se passe-t-il ? Je l'ai encore eu au téléphone hier soir.
— Ma chérie, il est mort dans la nuit.
Quoi ? Ma mère m'a appelée, « ma chérie » ?
— Qu'est-ce que tu dis là ?
— Il est mort dans la nuit !

Impossible, je refuse de la croire ! Persuadée que ma mère se trompe, je t'appelle. Tu ne peux pas partir sans me dire au revoir.

Un adieu, partir sans dire au revoir ou un au revoir à jamais. Je n'aime pas les « jamais ».

Je tombe sur le répondeur, ta messagerie comme tu dis. On s'est bien marré avec ce message. On a mis une semaine à l'enregistrer. Que de rires, mon Papinou !

Je laisse ce message : « Rappelle-moi, je t'aime. ». Toute la journée, j'attends que tu me rappelles. Je sèche le cours, et j'essaie à nouveau de te joindre. Une voix de femme répond. *C'est qui celle-là ? La voisine ?*

— Mademoiselle, votre mère m'a demandé de prendre le portable de votre grand-père. Toutes mes condoléances.

Qu'est-ce qu'elle raconte celle-là ? Mes condoléances ? Je ne connais pas ce mot.

— Bon, allez, passez-moi mon grand-père, s'il vous plaît. Je ne comprends pas un mot de ce que vous me dites.

La femme racle sa gorge, je la sens gênée de mon incompréhension. D'une voix douce et calme, elle me répète simplement que tu t'en es allé sans laisser d'adresse, sans dire au revoir, et que tu ne reviendras plus. Tu es parti, dans le ciel, c'est tout. Elle tente d'insuffler en moi une lueur d'espoir, en me disant que si je regarde bien dans les nuages, je te verrai. Dans un avion par exemple, c'est la meilleure place ! ajoute-t-elle. Elle imagine adoucir le choc qui en est pourtant à son point culminant. Si j'insiste, elle va me convaincre que tu es avec les anges. Pour moi, c'est la goutte de trop, le délire est complet.

Je réalise et me mets à pleurer et à crier dans le téléphone. La femme raccroche précipitamment. La surveillante de l'école m'apporte des mouchoirs et de l'eau. En fait, tout le monde a compris, sauf moi.

Toi, mon confident, mon complice, mon Papinou, parti sans me laisser d'adresse. Je rentre dans ma chambre comme dans un couvent et m'installe dans un mutisme.

J'ai reçu ton gilet blanc cassé en laine, celui qui fait penser à Steve McQueen. Je le serre dans mes bras et mes pleurs n'en finissent pas. Mes parents sont inquiets. Je ne me rappelle même pas être allée à ton enterrement. Les grandes personnes m'apprennent que c'est comme ça que l'on dit au revoir. Justement, moi, je ne veux pas te dire au revoir !

Moi, je dis au revoir en serrant la personne dans mes bras et elle revient.

Je ne dis pas adieu, un point c'est tout !

Mes parents rentrent dans ma chambre et me tendent une enveloppe. J'ai oublié, j'ai 20 ans aujourd'hui !

— C'est quoi ?

Une surprise de toi, mon Papinou. On va en Espagne. Tu vas me faire découvrir un endroit que tu aimes. On adore tous les deux la chaleur, encore un point en commun.

En plus de l'enveloppe, mes parents me donnent un paquet de prospectus, des photos, des livres de voyage et les billets d'avion. Je vais découvrir un endroit typique de l'Andalousie, un petit village au bord de la Méditerranée, où il fait bon vivre. C'est ton cadeau d'anniversaire. Tout est payé.

— Vas-y, me disent mes parents, encourageants.

En ton honneur et parce que tu le veux, j'y vais avec toi mon Papinou, et avec ton gilet. Je prépare ma valise en un temps record.

Les hôtesses à l'aéroport observent mes yeux et mon nez tout rouges. Je me sens dans l'obligation de me justifier. J'explique aussi que le cardigan, alors serré dans mes bras, prendra le siège à côté de moi dans l'avion.

— Non, madame, je ne mets pas le gilet dans ma valise, et sûrement pas dans la soute à bagages. Il vient avec moi.

Je la regarde droit dans les yeux d'un air assassin. Tu as payé ta place ! Tu me comprends, toi !

Je lui explique tout d'une traite et sans respirer : mon anniversaire et mon adieu. Elle s'adoucit.

— Félicitations et mes condoléances, mademoiselle.

Cette fois-là non plus, je ne t'ai pas vu, à travers le hublot. *Pourquoi crois-tu que j'ai choisi cette place* ?

Ton gilet et moi au soleil. À jamais !

Chapitre 3

À mon retour d'Espagne, je n'ai plus envie d'étudier. Une voie toute tracée se présente à moi. Mon père est dans le vin, c'est une entreprise familiale, et il représente une trentaine de producteurs, principalement de Bordeaux, de Lyon et du Beaujolais, mais aussi de la Moselle allemande. Il a développé ce marché dans tout le Benelux. Je réfléchis : ce serait une solution facile, pas d'entretien d'embauche, de « non, madame, votre candidature n'a pas été retenue ». Le pied, quoi !

— Plutôt cool de travailler avec son père, me répond Béa, quand je lui explique mon dilemme du jour.

Je suis engagée. Grande surprise ! *Je ne vais quand même pas couper le cordon ombilical !*

— Tu vas solidifier tes liens avec ton père, me dit Béa du Japon. *Amazing*, poulette !

Elle me parle de complicité, de respect mutuel, de confiance et de sécurité. Plus excitée que moi, elle me conseille de foncer.

— Oui, oui, j'y vais ! Vu que Papinou n'est plus là, ça me réconforte, du coup.

Je tombe dans le bain du vin, sans trop de conviction. Mon père me brosse le tableau :

— Il y a plusieurs dates très importantes sur l'année, comme la Saint Valentin, Noël et la fête des pères. Ta mission est simple : te rendre dans les restaurants et les magasins de vins et spiritueux pour y vendre les cartons qui remplissent ta voiture, et prendre des précommandes. Si tu dois aller à Maastricht ou à Groningen, tu pars à temps ! me dit-il.

J'ai le choix, soit je réponds « Oui, chef ! », soit je me tais. Je me souviens de cette amie de ma mère qui me disait que si elle me donnait des claques, c'était pour mon bien, et que je devais la remercier. Quand la première claque est arrivée, je lui ai donc dit « merci, Maman », mais elle n'a pas apprécié. J'en ai reçu une de plus pour le même prix ! Je réfléchis, du coup. *Allez, je me tais.*

En tout cas, je ne bénéficie d'aucun favoritisme.

— Alors, tu es payée après que le client a réglé sa facture : une base fixe et une commission. Si le client ne paie pas, pas de commission.

Je ris, pourvu qu'il ne le remarque pas. Ça me fait penser à une blague de Béa : pas de bras, pas de chocolat.

OK, capitaine, j'ai compris ça aussi.

Me voilà donc enrôlée, avec tout le barda dans ma voiture, pour faire le tour des Pays-Bas. Le soir, mon capitaine m'attend fidèle au poste, avec les bons de commandes éventuels, et inspecte ma voiture. Elle doit être vide.

Si le favoritisme n'existe pas, les compliments non plus. Il se trouve que mon père ne montre jamais ses émotions.

— Sois patiente, me balance Béa au téléphone.

Elle est toujours au Japon mais commence à vouloir revenir en Europe. Youppie, vivement qu'elle rentre !

Si ma mère n'est pas physiquement présente au bureau, je la suspecte de me surveiller. Elle voit tout et sait tout, enfin surtout en ce qui me concerne. Ce que je mange, comment je m'habille, ce que je dis aux clients quand je vends dans le show-room. Aucun secret pour la boss ! Comment me plaire dans cette ambiance ?

Je pense à toi, mon Papinou. Toi qui me disais encore quelques jours avant de mourir « Elsa, tu dois travailler dans l'immobilier ». Tu me manques !

Je m'applique et je développe ma méthode. J'écoute, je ris, je complimente et je retiens ce que les clients me disent. Je note précieusement toutes ces informations dans mon petit carnet, avec la date, l'heure et qui a dit quoi.

C'est le secret que tu m'as transmis, mon Papinou. Personne ne le sait, même pas ma mère ! Enfin, sauf si elle a caché une caméra dans ma voiture.

Les dirigeants des marques ont signé un contrat de représentation avec mon père. Quand ils me voient débarquer au salon des vins et spiritueux à Sofia, je n'aperçois pas un sourire de bienvenue. C'est mon premier salon, et mes parents me surveillent. Ils ont même leur indic, la secrétaire de mon père. Elle partage sa chambre d'hôtel avec moi. Elle accomplit sa mission de confiance et de surveillance rapprochée.

Déjà, quelques jours avant le départ, je sentais l'ambiance tendue au bureau. Tout le monde était inquiet de me présenter à tout le monde.

— Alors, tu mets quoi ? Une jupe ? Une robe ?
— Heu, je pensais plutôt mettre un pantalon.
— Ah non, pas de pantalon, me dit la secrétaire. Et les chaussures ? Les noires laquées ?
— Ah, je ne peux pas porter mes baskets noires ?

Je lui rappelle que je vais devoir marcher toute la journée sur du tapis. C'est quand même plus commode avec des baskets !

— Ah non ! s'offusque-t-elle. Quelle horreur ! Tu n'y penses pas ! Ton père ferait un scandale et ta mère, n'en parlons même pas !

— Ah bon ? Je ne vois pas où est le problème.

Je prends les deux, au cas où j'aurais mal aux pieds. Finalement, je n'aurai pas vu la couleur de mes baskets noires. En revanche, celle de mes pieds écorchés et gonflés, oui !

Je me rends compte que je ne supporte pas le mot « non ». Quand un client me dit non ou sa forme polie « repassez plus tard », mon allergie se déclenche. Tel un chien de chasse, je ne lâche pas le morceau. Une compétence utile dans mon nouveau job. Je rentre par la porte ou par la fenêtre.

Je viens avec des chocolats, je leur parle de la pluie du beau temps, je les fais rire. Je ne demande rien, je fais comme si je ne vendais rien. Je les amadoue. Mon image de marque est la fantaisie, alors mes parents se méfient. Personnellement, je ne vois aucun mal à ça, je suis juste créative.

Un jour, je fais des truffes au chocolat. Je les emballe dans des petits sacs avec des rubans bleus. Tout le long de ma prospection de nouveaux clients, chacun repart avec deux bouteilles de vin et des truffes au chocolat. Au moins, je ne passe pas inaperçue ! Et le chocolat et le vin font bon ménage.

— À bientôt, et bonnes ventes !

— Oui, merci.

Et je repars, le sourire aux lèvres. Je les appelle un peu plus tard, pour comment ils vont. M'ont-ils oubliée ?

Trop fière de mon audace et de ma créativité, je raconte mon expérience pendant un lunch dans le show-room.

— Ils se sont souvenu de moi et ont aimé mes truffes. C'est génial !
— Quoi, tu leur as acheté des truffes ?
— Mais, non, je ne les ai pas achetées, je les ai faites moi-même !

C'est bien là toute l'astuce, et je ressens leur incompréhension dans ma tactique. Silence, pas d'enthousiasme, pas de reproches. Rien !

Je continue ma journée, positive.

Cela va faire 6 mois que je suis arrivée et la saison se passe plutôt bien. Les clients sont contents, j'ai bien vendu. Les dirigeants ont le sourire quand ils me revoient au salon de Sofia, toujours pas de baskets aux pieds. En mon for intérieur, je suis en larmes, j'appréhende.

Béa éclate de rire au téléphone quand je lui raconte mon histoire de truffes au chocolat et la réaction du paternel.

— Béa, arrête de te foutre de moi ! Ce n'est pas marrant.
— Tu n'en rates pas une, toi. *Come on*, poulette ! Tu sais comment sont tes parents.

Oui et non, comme dirait l'autre. Mon père en a fait un caca nerveux, alors que je ne vois pas du tout où est le problème. Ça m'a gonflée. Je résume à Béa ma conversation avec mon père :

— Tu te limites à arriver à l'heure, remplir les bons de commande et vendre les cartons qui sont dans ta voiture. Ta fantaisie, tu la gardes dans un tiroir. Pas de ça chez moi ! Ça a le mérite d'être clair, ma poulette. Tu vas trop vite dans tes envies.

Long soupir.

— Un soupir, c'est le cœur qui n'a pas ce qu'il désire, me réplique Béa. Alors tu veux quoi, en fin de compte ?
— Je n'en sais rien du tout.
— Il serait peut-être temps de le savoir, à 24 ans !

— Oui, je sais, presque 25 ! Tu reviens quand ?

— Je ne sais pas encore, peut-être dans un an, ou plus. Je vais peut-être avoir une promotion, affaire à suivre !

— Oh, merde, Béa ! Je fais quoi moi, seule ici ? Personne ne me comprend comme toi !

Et puis le temps passe, et je m'accommode.

Malgré tout, je suis fatiguée de ne jamais être d'accord avec eux, comme si je venais d'une autre planète. C'est fou d'avoir des idées aussi différentes de celles de ses parents. Heureusement qu'on me rappelle souvent que c'est à toi que je ressemble, mon Papinou.

Les disputes s'enchaînent.

Un jour, pour changer, je décide de m'habiller en pantalon et sneakers. Je me sens bien dans mes godasses, je porte une petite cravate en déco, cool quoi !

Mon père me voit arriver. Je comprends qu'il a appelé ma mère qui, elle, a appelé la secrétaire. Cette dernière me transmet le message, je dois retourner à la maison me changer. Correctement et pas comme un clown, lui ont-ils dit. En fifille bien sage, qui ferait tout pour être heureuse, je repars me changer, en larmes.

Béa trouve que j'exagère, que je suis une *drama queen*.

— Non mais c'est vrai, poulette, quand même, réfléchis.

Mon avenir professionnel est tout tracé.

Elle, avec les Japonais, ce n'est pas de la tarte. Elle doit toujours en faire plus et pour autant de pépettes.

— Tu te rends compte de ta chance ?
— Il faut croire que non ! Avec toute cette histoire, j'oublie de te dire le plus important. J'ai rencontré un gars. Un comme il faut. Il est validé et approuvé !

— Ah, hyper bonne nouvelle, dis donc. Amuse-toi !

J'en profite justement pour lui demander comment elle sait quand elle a un orgasme. Elle ne s'attendait pas à ma question apparemment. Elle s'étrangle presque.

— Si je ne t'avais pas, j'aurais dû t'inventer, toi ! J'ai trop hâte de te revoir.

— Oui, moi aussi. Mais tu sais, ça me préoccupe.

— Ah bon ?

— C'est à cause de la secrétaire, qui m'a dit comme ça, en passant « comment tu sais que tu n'aimes que le poisson, si tu n'as jamais goûté de poulet ? ».

— Oui, elle n'a pas tort, mais, poulette, tu ne vas pas essayer tous les habitants de la planète, non plus ?

— Non, mais je suis troublée. Enfin, mes parents semblent apaisés, l'air est à nouveau respirable.

— Je te laisse, ma poulette, mon boss est dans le couloir.

Elle raccroche.

Au boulot, je ne discute plus : j'enfile mon déguisement, ma tenue de travail : jupe ou robe, et chaussures à talon. Depuis que je sors avec ce gars, je vais au restaurant, je vois du monde, je ris, surtout quand je suis en dehors de la maison.

C'est ça que je veux, voir du monde, vivre. Et pas au travers d'un conte pour enfants « Elsa est une princesse au pays des songes ». Je me débats pour en sortir. Un peu n'importe comment, du moment que je m'en sors ! Un jour, je vais te trouver, Bonheur.

Texto de Béa : « *Sois contente avec ce que tu as* ».

Bof ! Je suis dans un aquarium, les cloisons sont transparentes. Je vois bien ce qui se passe pour les autres, mais je ne peux pas les toucher. Je les vois rire, bavarder, et ils me regardent. Je me concentre, je vois même mes chaussures se balader seules. Mes pieds, quant à eux, partent dans une autre direction. C'est bizarre ce sentiment, j'ai l'impression d'être un i auquel il manque le point, ou plutôt le chapeau.

— Béa, moi je te dis que c'est un signe !
— Un signe qu'il faut que tu te calmes enfin !
— Je suis malade, ma maladie, c'est la « fantaisistique », ou quelque chose comme cela.
— Bon, allez, arrête de te ronger le cerveau comme ça. Si tu veux autre chose, sors, trouve un autre boulot, déménage.
— Autre chose, mais quoi ?

— Justement, réfléchis, et respire !

En tant que vendeuse, je peux facilement trouver un autre travail. Louer un appartement à Amsterdam, c'est plus difficile, mais pas impossible non plus. J'ose à peine imaginer la réaction de mes parents. Non, j'ai trop peur. *Arrête de paniquer, ma tête !*

Béa a finalement réussi à avoir sa promotion. Je suis contente pour elle. Sauf que ça signifie qu'elle reste encore au Japon.

Avec le gars, tout est parfait. Que demander de plus ! Boulot assuré, parents silencieux, surtout ma mère. Plus de « gueulantardises ». Un mot qui n'existe pas, c'est le mien ! C'est ma « fantaisistique » aiguë qui reprend le dessus.

Dans l'aquarium, j'ai découvert un miroir amusant. Quand on se regarde dedans, on se voit tel que l'on est ! Je ne ressemble pas du tout à ce que j'observe. Je m'imagine blonde comme Marilyn, avec un grain de beauté près de la bouche. Bon le grain je l'ai. De beauté, je ne sais pas trop ! La poitrine, ça oui 100 % Marilyn.

Une douleur se répand dans mon ventre et me serre la gorge.

Chapitre 4

— Béa ?
— Oui, ma poulette ? Qu'est-ce qu'il y a ? Tu sais qu'il est 3 heures du mat, poulette ? *Come on, I work tomorrow.*
— Oui, je sais, Béa, mais je voulais te l'annoncer : je vais me marier.

Béa me demande à nouveau d'attendre, de ralentir, de laisser couler l'eau sous les ponts.

— Pourquoi si vite ? T'es enceinte ? Tes parents t'obligent ?
— Mais non, t'es nouille ! Pas de bébé et les parents ne m'obligent pas. Au contraire, ils sont ravis. J'épouse l'homme comme il faut. Ma mère est

plus tranquillos, moins de discussions sans fin. Je souffle et je suis plus libre. C'est la solution, quoi !

— Et l'histoire d'essayer autre chose que du poulet et de connaître l'orgasme ? Oubliée ?

Elle a l'air fâchée, ou contrariée, ou inquiète pour moi. Et puis, elle a la voix de quelqu'un qu'on réveille en pleine nuit.

— Ta décision est prise, sinon tu ne m'appellerais pas à 3 heures du mat pour me dire ça. Mes félicitations !
— Béa, ne te fâche pas, s'il te plaît. Tu viens au mariage ? J'ai besoin de toi.
— Ma poulette, bonne nuit, on se rappelle plus tard. Bises.

Finalement, on ne s'est pas rappelées, avec Béa. Elle est très occupée, son boulot lui demande toute son attention et puis de toute façon, comme elle l'a dit, c'est décidé, je vais me marier. Je vais enfin partir de chez mes parents et être heureuse. Rien que l'idée me fait déjà du bien.

La famille veut faire un petit repas avant le mariage, pour discuter de l'organisation. Ils sont tous en effervescence, excités comme des puces. Moi, je commence à angoisser et à me gratter partout, surtout sur mes jambes et mes avant-bras. *Tiens, des plaques rouges !*

— Oui, maman, je vais appeler le dermatologue. Non, ce ne serait pas joli sur les photos avec ma robe.

Aïe, j'ai mal à la tête et un pincement permanent dans le côté gauche, au niveau de la poitrine. Vite, je cherche sur Google ce que ça pourrait bien être, un truc cardiaque, une allergie, un cancer…

Ça suffit, ça ne sert à rien de me chauffer la tête comme ça ! Le docteur me prescrit de la crème pour mon eczéma, et me conseille fortement de me mettre au yoga, pour déstresser. *Facile à dire !*

Heureusement que je connais une combinaison phytothérapique à base notamment de valériane et de passiflore. Ici, ils ne jurent que par le yoga et le paracétamol.

Pourquoi je suis si stressée ? Je ne me comprends pas. J'ai tout, l'argent, une situation professionnelle, je ne suis juste pas heureuse. C'est trop lourd pour l'avouer à voix haute !

Même l'homme parfait commence à angoisser lui aussi, il ne sait plus avaler, il doit manger avec une paille.

Quel moment incroyable, magique ! m'a dit Béa. Pour ça, il est incroyable ce moment, magique, je n'irais pas jusque-là.

Comme le dit la chanson « ça ira mieux demain », et demain je ne serai plus *la fille de*, mais *la femme de* !

Évidemment, rien ne se passe sans encombre. Même pour l'organisation du mariage, on n'est d'accord sur rien ma mère et moi. De toute façon, je n'ai aucune idée de ce que je veux, du moment que cela se passe.

Beaucoup de monde m'appelle, me félicite, m'envoie des cartes de vœux. L'attention que l'on me porte me séduit et me fait peur.

— Pourquoi ça te fait peur, ma poulette ? C'est génial ! Ton bonheur, l'homme parfait, faire des trucs en amoureux, cuisiner des petits plats, voyager, découvrir le monde ensemble. Je suis contente pour toi.

Béa a digéré l'annonce du « je me marie ». J'en profite pour lui raconter la demande en mariage de l'homme comme il faut. C'était digne d'un Walt Disney. Nous sommes au restaurant, dans un coin discret, en amoureux. La table est décorée avec des bougies et des fleurs.

— Romantique, souffle Béa.
— Oui, attends, je suis tellement à côté de la plaque. Écoute. Le serveur arrive avec la bouteille de champagne. Tu sais comme j'adore le champagne. Je ne me pose même pas la question du pourquoi. Au contraire, amène ! Et tout à coup, il se met à ma droite, sur un genou, et me tend la petite boîte. J'écoute d'une oreille distraite. Je suis une visuelle, moi, je regarde la boîte ! Dedans, il y a *the* bague !
— *The ring*, ma poulette. Elle est *amazing, beautiful?*
— Tu rigoles, elle est à tomber.

Je continue mon histoire en montrant la bague à l'écran. Béa, suspendue à mes lèvres, écoute.

— Il prend une grande respiration et se lance : « Veux-tu m'épouser ? » J'ai avalé de travers. Muette d'étonnement, aucune larme, pas comme dans les films. Et j'ai dit oui.
— Il assure, dis donc ! Et il a mis le paquet.

— Et, attends. Quelques jours avant, il a demandé ma main à mon père. Où t'as vu qu'on demandait encore la main au père ? Dans les films !

Encore un fou rire, nerveux ou heureux, aucune idée. Oui, c'est un homme bien, parfait pour moi et surtout pour mes parents. C'est la conclusion simple et évidente. Un homme promis à un brillant avenir. J'admets que de voir ma mère tranquille nous fait du bien à toutes les deux.

C'est ça le bonheur.

— Je suis super heureuse pour toi, poulette. Fais-toi belle, je vais essayer de venir. Les Japonais sont très difficiles et demandent beaucoup, donc tu n'y comptes pas trop quand même.

— Je ne sais pas pourquoi, mais ça me fait peur. Ce serait quand même dommage si tu ne venais pas, mais je comprends, tu sais.

Ni toi, mon Papinou, ni ma Béa, au mariage !

Suis-je sur la route de mon bonheur ? Il me manque quelque chose ; un peu comme une dame blanche, tu as la glace vanille et la sauce au chocolat. Mais la sauce est froide, ou alors elle vient tout droit d'une bouteille de grande surface.

Tout va très vite, je n'ai même pas le temps de dire ouf que mes parents ont tout arrangé. Je les suspecte d'avoir tout réglé avant même que j'existe. Tout est écrit en détail dans mon fameux mode d'emploi. Il est où d'ailleurs, ce fameux mode d'emploi ? Je veux bien le lire, il s'agit de moi, après tout !

Papinou, tu me manques.

Le mariage, l'évènement tant attendu, arrive enfin. Je porte une robe en soie mikado, dessinée par un créateur en vogue, avec un décolleté en forme de cœur et dans le dos, une ligne de 70 petits boutons couverts du même tissu que celui de la robe. Je porte une traine avec un voile en tulle, mes cheveux sont relevés en chignon avec de vraies fleurs. Je suis splendide, comme les mannequins dans le *Elle magazine*.

Je me marie dans un lieu magique, un hôtel au centre d'Amsterdam, dans l'ancienne salle de la mairie, où la reine s'est mariée.

Selon le protocole établi par ma mère, je dois passer entre chaque table et l'homme parfait aussi.

Nous faisons des photos avec les invités, leur donnons à chacun un petit mot d'attention, un petit sourire et nous continuons avec les 35 tables suivantes.

— Tu rigoles, poulette ? 35 tables ?
— Si, si, je te jure. Et à peu près 300 invités. Quand je te dis que le mariage était digne de celui d'une reine, je ne te mens pas.
— Ah, oui je vois mieux, maintenant.
— J'ai pris un grand plaisir à être au centre de tout ça. En plus, tous les invités ne m'ont fait que des compliments. J'ai grave kiffé.

L'homme parfait est content, il pose parfois sa main dans le bas de mon dos, en signe de protection. C'est sympa comme sensation, ça me fait du bien. Pour la nuit de noces, on est tellement fatigués qu'on s'endort.

— Vous avez dit oui pour la vie, que la fête commence ! s'enthousiasme Béa, qui a finalement pu en voir un aperçu, grâce à la vidéo.

L'homme parfait a déjà son appartement à Amsterdam, dans le quartier ouest. Tout y est très organisé. Je ne connais rien à la vie de couple. Le ménage, la cuisine, la décoration, qui fait quoi ? Et quand ?

Ma mère m'achetait encore mes culottes juste avant le mariage !

— Tu rigoles, poulette, enfin ! Tu es une grande fille maintenant. Ça y est, plus de parents sur ton dos. Chez toi, c'est chez toi.

Que veut dire « chez moi » ? Quelle couleur je préfère pour notre chambre ? Lui n'aime pas le bazar, moi j'aime les petits bibelots partout. Son appart est dans les tons de… comment il appelle ça ? Ah oui, couleur terre, et moi j'aime les couleurs vives. Tu vas me dire que je suis impatiente, que je veux trop et trop vite. Béa pense comme toi, mon Papinou.

— Poulette, prends le temps, tu vas te faire ta place. Patience.

Il est très gentil, intelligent. Il me soutient et comprend que j'aie besoin d'un temps d'adaptation. C'est vraiment la preuve d'un esprit ouvert. Quand il me dit quelque chose, je ne dois pas lire entre les lignes. Tout est clair. On rigole, aussi. Le bonheur, quoi !

— Tu vois bien, poulette. Respire et reste sereine. Pas d'inquiétude. Je te laisse, je vais dormir.

En raccrochant, je constate que je ne lui ai même pas demandé comment elle va, si elle a rencontré quelqu'un. Ni quand elle revient, *bordeldemerdouille*. Aussi, je ne lui ai pas reparlé de…

J'ai tellement envie d'explorer, de découvrir et de ressentir ce nectar passionnel du bonheur, de l'orgasme. C'est quoi en fait ? Est-ce que je le ressens ?

Google, mon amant du jour, me dit que l'on surnomme ça « une petite mort ». Ah, il est marrant, lui, avec sa petite mort. Je ne suis pas sûre que j'ai envie d'une petite mort, moi !

Nos ébats amoureux avec l'homme parfait, nos frénésies, me paraissent très structurés et planifiés. J'ai comme un sentiment bestial qui n'arrive pas à se connecter. « Frénésies », aucune idée si on peut appeler ce que l'on fait des « frénésies » ! Je ne transpire pas du tout. Ce n'est pas normal, dans une frénésie amoureuse, non ?

Et puis il y a la cuisine, les bons petits plats. Déjà, il faudrait que je sois capable de faire un plat mangeable, avant de cuisiner des petits plats. Et qui j'appelle pour m'aider ? Béa ! Cheffe de la cuisine, aussi. Elle m'envoie quelques recettes. Pour elle, tout est un amusement, une exploration d'enfant. Amuse-toi, m'écrit-elle dans son e-mail.

Le temps passe, je prends ma place, comme me l'a prédit Béa. L'homme parfait a tout sous contrôle, tout est programmé. Ce n'est pas tellement différent de la maison parentale, finalement. Toute notre vie n'est que rituels.

Le lundi est sacré : après le travail, on rentre à la maison et on ne fait rien. Je suis presque contente de partir au boulot le mardi. Ensuite, du mercredi au dimanche, le planning est précisément établi : le repassage, les machines, le nettoyage de la maison, tout a son jour. Ah non, sauf le crac-crac.

Du coup, je le lui fais remarquer. Il se met à paniquer. Le voilà qui n'arrive de nouveau plus à avaler, même pas sa propre salive. Je dois lui faire des soupes. Au moins, côté soupes, je connais toutes les recettes. Ainsi, je m'améliore pas à pas.

Finalement, j'arrive à évoquer mes moments intimes avec Béa.

— Mets-y ta joie de vivre, ton humour et ta fantaisie, ma poulette ! C'est toi qui es atteinte du… comment déjà ? « Fantaisistique » !

Elle a raison, je souris, c'est bien vrai.

Heureusement, j'adore lire et je m'évade avec mes romans d'amour. Grâce à mes bouquins, j'ai encore plus d'idées. Comme si j'en avais besoin ! *Ben oui, on souffre de la fantaisistique ou pas !*

J'applique le conseil de Béa, et je mets du *fantaisistique* dans notre vie. Pour repasser, je porte de la lingerie rouge. La première fois (oui, il y en a eu d'autres, parce qu'il a aimé) qu'il m'a vue arriver habillée comme ça, il a eu un coup au cœur. Il a souri, m'a laissé faire et puis on a terminé comme prévu. Je lui fais des gâteries, comme je l'ai lu dans mes romans. Il semble bien aimer, en tout cas, il ne se plaint pas.

Les mois se suivent et les rituels aussi. Un week-end sur deux, nous passons nos soirées avec ses amis. J'aime bavarder, rigoler et échanger, et je me retrouve dans un groupe de nanas qui font plus attention à leurs culs qu'à l'échange. D'ailleurs, elles ont une tête de cul, une bouche en cul, des yeux de cul. Par contre, elles boivent leur verre de vin avec le petit doigt levé.

— Tu me sembles bien remontée, ma poulette. Contente-toi de les regarder et reste toi-même.
— Oui, c'est ce que j'ai fait, au début. Je me suis même dit que je les observais comme si j'étais au théâtre.

Elles sont marrantes, à toujours déblatérer sur celles qui ne sont pas présentes à la soirée. Je prends du recul par rapport à elles.

Un soir, après m'avoir bien scrutée, elles ont commencé à me poser des questions dans tous les sens, comme un interrogatoire dans un commissariat. J'ai angoissé. Que pouvais-je leur révéler ?

—Dis-leur que tu aimes la vie, ma poulette. C'est pour ça aussi que je t'aime.
—Oh, merci Béa, ça me réchauffe le cœur et me fait beaucoup de bien ce que tu me dis.

Je leur ai répondu que j'aimais chanter faux, dormir tard, prendre des bains avec des bougies, manger des gâteaux avec plein de sucres, boire du coca et rire. Tandis que j'énumérais la liste de mes plaisirs, les visages de cul se sont figés. Une oppression m'est remontée dans la poitrine, j'ai respiré profondément.

Un grand éclat de rire résonne dans le téléphone, Béa ne s'arrête plus. Le fou rire est là et je ne sais même pas pourquoi je me mets à rire aussi… longtemps. On rit toutes les deux à en pleurer, avec des « arrête-je-dois-faire-pipi-dans-ma-culotte » et aussi vite, on redémarre. Ça m'a fait un bien fou cette parenthèse.

J'ai constamment une boule dans le ventre et un manque qui me ronge. Un manque de quoi, je n'arrive pas à le définir.

Notre quotidien, c'est le traintrain rituel habituel, tout est réglé comme du papier à musique.

Pour l'intimité, je ne sais pas juger, je ne connais que lui. Je lis mes romans où la passion est omniprésente. Si c'est écrit, c'est que ça doit exister, cet amour passionnel. Je veux ressentir ce feu dans le bas du ventre, ces étincelles dans mon cœur et cette explosion dans ma tête.

Je compare mes livres à ma vie, à ma pratique de l'amour. L'auteur du Kamasutra doit se retourner dans sa tombe : toujours dans le même ordre, dans la même position. Rien de passionnant ! Aucun feu de l'amour, le vide, pas de nectar du bonheur.

Je m'ennuie et je ne supporte pas du tout ce sentiment. Je ne peux pas l'avouer à Béa. Elle va me dire que je vais trop vite. Mais ça ne va pas assez vite, aurais-je envie de lui répondre ! J'en ai marre. Un orgasme, je ne sais toujours pas ce que c'est ! Qui peut m'apprendre ce que l'on ressent ?

Si j'en parle à mon homme parfait, il de nouveau paniquer et après les soupes, je vais me mettre aux purées et bouillis pour bébé. Non, ça va, j'ai donné.

D'autant plus que mon entourage commence aussi à me gonfler. Quand je croise quelqu'un, on me pose toujours la même question : « Alors, la vie de jeunes mariés, comment ça va ? Alors, ça y est ? »

Au début, je n'ai pas compris ce que signifiait ce « alors ça y est ? ». Ce n'est qu'après une vingtaine de fois que le franc est tombé. Ça y est quoi ? Ah, si je suis enceinte ? Non, au secours !

Chapitre 5

Aujourd'hui, c'est la fête, je revois ma Béa, ma chérie. Nous passons des heures au téléphone ou accrochées à la vidéo.

— Je raccroche.
— Non, moi je raccroche !
— Poulette, va retrouver ton mari.
On se voit demain !

Mon homme parfait est mon mari depuis deux ans. Un bail ! Un bail aussi que je n'ai pas revu Béa. Elle quitte le Japon et débarque à Amsterdam. La revoir en vrai ! Se toucher, plonger mes yeux dans les siens.

J'ai demandé congé à mon père pour pouvoir l'accueillir à l'aéroport. Je nous ai préparé une soirée de bout en bout, du resto à l'*after party*.

Durant tous ces mois, on a appris à se découvrir. Par les ondes d'internet, je lui ai dévoilé mes plus profonds secrets. Mes émotions ont pu s'exprimer dans nos conversations. Grâce à notre humour, nos fous rires et nos pleurs, je la connais mieux que mon mari, elle me connait mieux que mon homme parfait. Le jour est enfin arrivé où je vais pouvoir la toucher et la serrer fort dans mes bras.

Que vais-je mettre, hauts talons, baskets ? Pour l'occasion, je mets le paquet, je porte mes talons. Rouges, bleus ? Allez, bleus, c'est ma couleur. Comment va-t-elle me trouver ? Houlala mes cernes ! Le maquillage fera l'affaire.

Une pensée me trotte dans la tête. J'attends pour lui raconter mes histoires. Cette fois, je la laisse parler d'abord.

— Oui, madame, une table pour deux, ce soir à 18 h 30. C'est noté, madame Elsa Béa.

Le restaurant du tonnerre est réservé, au bord d'un canal en plein centre, une fusion latino et japonaise. *Il fait beau, chouette, l'apéritif en terrasse.*

Musique pour me détendre, je suis à la fois excitée et stressée. C'est comique, j'ai l'impression d'avoir rendez-vous avec un mec ! Pourquoi suis-je si nerveuse de la revoir ?

La musique retentit à fond dans la radio, je me trémousse, vite direction la salle de bain, la douche.

En sortant, je téléphone à mon père pour savoir comment ça va au bureau. C'est chouette, il me laisse ce jour de libre pendant la saison. Ma mère me remplace. Les clients ont rendez-vous au show-room.

— Papa, ça va ? Pas de message pour moi ?

— Non, ça va, je suis occupée.

Qu'est-ce que tu veux ?

Oops, c'est ma mère, du coup.

— Euh… rien, maman, je voulais savoir si tout allait bien.

— Oui. Ton père est occupé avec un client et moi aussi ! Bon, à lundi.

Je ne dois plus faire ça. C'est nul. La réponse est nulle. C'est nul. Je me sens nulle.

Mon portable sonne, il faut que je me prépare. C'est qui ?

— Poulette, je suis là, je viens d'atterrir !

— Génial, j'arrive. Le temps que tu récupères les bagages et passes la douane. Ou tu préfères que je vienne te chercher à l'hôtel ?

— Oui, à l'hôtel, c'est mieux. Je fais un petit dodo et je prends une douche. À quelle heure ?

— 18 heures, c'est bon ?

— Parfait, ma poulette. J'ai hâte de te revoir.

— OK, ça marche. Cool. Bisous.

Dans le hall d'entrée de son hôtel, j'observe les graffitis sur les murs, quand j'entends mon nom résonner. Enfin pas mon prénom, mais ce petit surnom qu'elle me donne, son nom d'amour pour moi. Pas question d'appeler quelqu'un d'autre comme ça ! Que cela soit clair !

— Poulette !

Les yeux pleins de larmes, je tombe dans ses bras. Je retrouve ma Béa. Le monde autour n'a désormais plus d'importance.

— Laisse-moi te regarder. Tu es magnifique, ma poulette.

— Toi aussi, tu es vachement classe. Ta coupe est canon. J'adore.

— Oui, tu me connais, c'est très pratique le matin. Bon, que la fête commence. On a tellement de choses à se dire.

Vu de l'extérieur, de quoi peut-on encore parler ?

— Tu m'as manqué, me chuchote-t-elle, en me serrant dans ses bras.

Difficile de me contrôler, j'ai le vertige. Mon enthousiasme réapparait. Je lui explique notre planning de la soirée. Sa réponse illumine la pièce, un sourire enchanté me traverse le cœur. *Je me sens nouille, je ris nerveusement en retour.*

En terrasse, on a à peine le temps de respirer entre notre repas, nos cocktails et nos mots. On se délecte. Cette fusion fond dans nos bouches. On rit beaucoup, de ce rire qui fait mal au ventre.

Le rire qui me donne mal au ventre ? Je suis bizarre !

Béa a énormément appris au Japon. Les Japonais accordent une grande importance à la hiérarchie au travail, qui est très stricte par rapport à notre culture occidentale. Son job a été très prenant, il était hors de question de finir à 17 heures. Sa seule vie sociale, elle l'a eue grâce à nos coups de fil et à nos vidéos, tout comme ses seuls moments de chaleur. Elle a appris à me connaitre plus intimement et à m'apprécier, m'avoue-t-elle en me regardant tendrement. *Troublante, j'ai chaud.* Je glousse.

Les Japonais ont beau être disciplinés, ils restent un peuple passionnant. Les paysages sont magnifiques et elle a vécu une expérience incroyable. Revenir en Europe est une excellente opportunité.

— Où vas-tu habiter ?
— Ma poulette, je ne t'ai pas dit ?
— Non, quoi ?
— Je reste à Amsterdam. J'ai trouvé un boulot dans l'immobilier.

Sa nouvelle boss, une nana extraordinaire, a une approche différente de celle des Japonais. Cela va lui rafraîchir les idées. Béa est excitée de travailler avec cette femme. Elle a une façon détonante d'aborder le travail, le « hors-norme ». Un changement total de culture !

— Je suis prête pour ce nouveau défi dans ma carrière.

Elle avait entendu parler d'une offre d'emploi pour un poste de *project manager*. Elle a postulé et a été prise. Elle fonce ma Béa ! Je l'adore. Une idée et hop elle passe à l'action. De la dynamite, cette fille !

— Les *Dutchies* sont disciplinés, carrés. Un chat, c'est un chat. Ils disent les choses comme ils les pensent. Il n'y a pas à lire entre les lignes ! Parfois, ça paraît un peu brutal.

— Ma boss, je ne crois pas qu'elle soit néerlandaise, *Dutchie* comme tu dis, je crois qu'elle est belge. Mais je suppose qu'elle s'est adaptée à la sauce d'ici.

— La vie de mariée, comment ça va ? Déjà 2 ans ? Alors, un projet de bébé-poulette ?

— Non, pas toi ! Tout le monde me le demande. Ce n'est absolument pas dans mes projets.

Je saute sur l'occasion pour lui dévoiler mes préoccupations, mon mal-être.

— Je ne supporte plus son odeur, ses chaussettes dans le coin de la chambre et ses pieds. Ça me donne une répulsion vomitive.

— Oula, poulette, calme-toi. Mais qu'est-ce qu'il y a ? Tu l'aimes ? Tu t'éclates au pieu ? Ton kiki, il est en chou-fleur quand il te touche ?

Je sens bien que je rougis. Béa est franche, ses questions intimes sont ouvertes, il n'y a pas de cachotteries, c'est une liberté extrême. Je ne connais rien de tout cela, je suppose que je suis coincée, ignorante et inexpérimentée sur le sujet. Je lui avais déjà raconté par vidéo mes questionnements intimes. Moi, je ne connais rien à l'Amour, au sexe. La sensation de l'orgasme, la chaleur entre mes cuisses, mon kiki en chou-fleur, comme elle dit si bien.

— Je ne sais pas ce qui me manque. Je ne connais que lui. Peut-être que c'est ça, mon problème. L'autre jour, je me suis surprise à fixer un mec dans le tram, juste par curiosité.

— Ah, et quelle a été sa réaction ?

— Oh, je ne l'ai pas suivi, mais j'aurais pu.

Béa agrémente nos paroles et nos rires de saké, beaucoup de saké, elle dit que cela me fera du bien, que ça me détendra. Pour être détendue, j'ai dû l'être.

Je me réveille nue. Béa occupe l'autre partie du lit, nue également. Je n'ai jamais vu une fille nue, et encore moins Béa !

Je n'ai pas tout de suite réalisé. Une bonne odeur, ce goût acidulé et sucré dans ma bouche, une main qui me caresse la joue et dégage mes cheveux devant mes yeux. Je me réveille d'une bonne nuit et je vois Béa.

Mon premier réflexe est de bondir hors du lit. Je tire la couverture pour me vêtir et le corps nu de Béa apparait. Elle est magnifique, sublime. Je suis paralysée devant ce corps félin, parfaitement proportionné, ses seins ne demandant qu'à être cueillis comme de belles oranges. Ils magnétisent mes mains. J'embrasse ses yeux. *Non, ferme les yeux*. Je crie.

— Qu'est-ce qu'il y a, poulette ?
— On a fait quoi, hier soir ? Rassure-moi, on a juste dormi ?
— Je te rassure, on a aussi dormi. Mais on n'a pas fait que ça.

On a fait l'amour, qu'elle me dit. Malgré l'alcool et le mal de crâne de ce matin, elle se rappelle notre danse d'amour, nos caresses. Elle a encore la saveur de mes lèvres, le parfum de ma peau satinée, une saveur acidulée sucrée.

Oh, elle aussi, non, ce n'est pas possible. Je ne peux pas !

— Pour te dire, j'en redemande. C'était magique, ma poule !
— Béa ! Tu es une femme ! Tu aimes les femmes ! Tu ne l'as jamais dit !

Je me rhabille et lui dis d'oublier. J'avais trop bu, je ne me souviens de rien. On oublie tout. *Avec une femme ! Ça ne tourne pas rond !*

J'entends Béa me dire « je t'aime ». Elle m'aime !

— Impossible ! Tu m'entends ? Impossible ! Je suis mariée, Béa, avec un homme.

Oh, mon Dieu, j'ai trompé mon mari avec une femme.

Je claque la porte de la chambre d'hôtel.

À la maison, tout est pareil et les jours passent. Je n'ai pas rappelé Béa depuis notre nuit, et elle non plus, d'ailleurs.

J'enterre au fond de mon âme cette image impensable. Oublier et avancer vers mes attentes, *mais quelles sont-elles ?*

Dans mon couple, les chaussettes envahissent l'appartement. Elles sont partout et je n'en peux plus. Ses bruits, son odeur me dérangent. Je m'ennuie. Au travail, je ne supporte plus le contrôle continu des : « où tu vas, qu'est-ce que tu fais, ce n'est pas raisonnable ».

Je décide de partir quelques jours à Nerja, pour m'aérer, pour réfléchir. Afin de n'alarmer personne, je dis que je pars chez une copine dans les Ardennes pour le weekend. Je ne révèle à personne ma véritable destination.

Mon paradis, mon jardin secret, personne ne le connait. Mon chez-moi, mon cocon. Je respire, je suis moi. Qu'il pleuve, qu'il vente ou qu'il y ait du soleil : je suis moi. Le village est resté intact pas de *grattemerdouilles* bloquant ma vue à l'horizon. Le bleu et le blanc sont les couleurs de la résidence.

Juan m'a encore bien gâtée, le plus bel appartement, la plus belle vue et la terrasse la plus ensoleillée, pour ma princesse, me confie-t-il. La Méditerranée, toucher le soleil m'aident à prendre ma décision.

Je pars.

Chapitre 6

Tant que je n'ai pas trouvé d'appartement, je ne dis rien. Je suis fatiguée de devoir me justifier à l'homme parfait. Il panique et tombe malade. De toute façon, ma décision est prise. Mes parents, c'est une autre paire de manches.

Béa me manque.

Je veux rester à Amsterdam. C'est pratiquement une mission impossible, mais j'aime le défi.

Après toutes mes annonces sur Facebook, sur les forums et sur les sites, j'entends parler d'une nana qui quitte Amsterdam pour un an. Elle a besoin de quelqu'un de confiance à qui louer son appartement. Aussitôt dit, aussitôt fait, je rencontre la femme, on établit le contrat. Je peux emménager dans le mois. Un peu cher pour mon budget, car j'envisage aussi de remettre ma démission à mon père, mais je demande à l'univers de me montrer le chemin. Il paraît que ça marche !

Un verre de whisky à la main, je déchire toutes les photos de notre couple. Je n'aime pas du tout le whisky. Je prépare mes cartons.

Quand j'ai annoncé mon départ à l'homme parfait, il n'a pas bronché, il n'a pas bougé !

Pour mes parents, ça a été une autre affaire. J'ai donné ma démission à mon père. Une engueulade a suivi et les reproches ont fusé dans tout le show-room. Qu'est-ce que je vais faire, où je vais habiter ? Comment j'ose leur faire cet affront ? Que vont dire les gens ? Pourquoi je divorce ? Je n'ai pas le cœur de répondre, ma tête est en pleine tempête.

JE NE SAIS PAS.

Ils sont déçus, fâchés, frustrés et tristes. Ils ne veulent plus me voir. Je suis officiellement déclarée persona non grata chez mes parents. Je me retrouve sans famille. Seule, avec ton gilet dans les bras comme unique réconfort, tu me suis dans mon périple.

J'ai besoin de toi Papinou, et de toi, Béa.

Dans les yeux de mon père, j'ai vu que son rêve se brisait. Son cœur crie en silence, il ne verse pas une larme devant moi. J'anéantis sa vision de la fille casée avec un autre homme que lui pour s'en occuper. Ai-je vraiment besoin de cet homme pour s'occuper de moi ? Quant à ma mère, elle a toujours eu peur de mes réactions, alors voilà que sa crainte est devenue réalité. Que va-t-elle faire de moi ? Ben que dalle.

Culpabilité, reproches, ma mère se demande ce qu'elle a fait de mal. Rien, elle a bien suivi le mode d'emploi. Hélas ! Cela n'a pas fonctionné, il faut croire que je viens d'un autre moule. Mon père s'en prend à elle.

Je ne sais même pas où je vais moi-même. Je veux tant ce bonheur, je continue à le chercher, et Béa me manque tellement. Leur mode d'emploi ne ressemble en rien à ce dénouement.

Je prends mes marques dans mon appartement. Ce silence me console et me met à l'aise. Heureusement, pour mes soirées de cafard, je t'ai dans mes bras, grâce à ton gilet. Il me donne la force et le courage d'aller vers mon bonheur. Ton odeur est encore présente, je te vois devant moi avec ton chapeau, beau comme un dieu, m'appelant.

— Tu viens avec moi à la boulangerie ?

Je ne ratais jamais une occasion de t'y accompagner. On s'achetait aussi une douzaine de chouquettes, nos préférées.

Les larmes coulent et pourtant, je ne peux pas dire que je suis malheureuse. C'est une émotion bizarre. J'ai fait du mal à cet homme parfait et surtout à mes parents.

Je suis fondamentalement opposée à leur façon de faire, ils ne m'ont jamais écoutée. Je ne suis pas une poupée : je parle, je pense et je réfléchis, trop différemment d'eux peut-être. C'est comme pour les gauchers, on les a obligés à écrire de la main droite, pour devenir comme les autres, pour ne pas sortir du lot. Mais à quel prix ?

Maintenant, je ne sais même pas si je suis gauchère ou droitière !

Je veux vivre et découvrir le monde, je désire ce bonheur et me languis de lui. Ou d'elle ? Mon cerveau a des courts-circuits.

Je transpire, je tremble, j'ai des nausées.

Béa, où es-tu ?

En repensant à cette nuit avec Béa, j'ai cette douceur qui me titille, ce sentiment de tranquillité remonte en moi. Accepter l'idée. Peut-on être amies ? Peut-on se revoir ? Le lien est fort entre nous.

— Allo, Béa, c'est moi !

J'entends son souffle. Il en dit long.

— S'il te plaît, ne raccroche pas.

Je me mets à pleurer. Je lui explique mon amour pour elle, mais pas comme elle veut. Que je veux la voir et faire partie de sa vie, mais pas comme elle veut ! Que je ne peux pas imaginer une vie sans elle ! Qu'elle peut réfléchir, que je lui demande pardon d'avoir réagi comme ça, qu'elle me manque, voilà.

Sans un mot elle raccroche.

Chapitre 7

Elle en a mis du temps avant de me rappeler. Mais le principal, c'est qu'elle l'a fait. Notre amitié avant tout, m'a-t-elle dit. Je t'aime trop pour te perdre. *Ouf, moi aussi.*

Elle me raconte en quoi consistent son boulot et son projet.

— Dis, ma poulette, si cela t'intéresse, Zinzin a créé un poste pour un junior dans mon équipe de ventes, et un autre pour la location.
— Zinzin ? C'est qui ? demande-je, en pouffant de rire.

— Ah oui, désolée, je suis tellement habituée à l'appeler comme ça. C'est ma boss, tu sais, la nana qui est un peu *space* ?

— J'ai donné ma démission à mes parents et je n'ai pas encore retrouvé de boulot. Mais je n'ai pas d'expérience dans l'immobilier.

— Pas grave, envoie-moi ton CV. Je me charge d'organiser un rendez-vous avec Zinzin.

Je promets de lui envoyer le CV dans la soirée. Plutôt sexy d'avoir Béa toute la journée avec moi, honnêtement, l'idée me plaît et en même temps me fait peur.

Comme d'habitude, Béa ne perd pas de temps. Fin de semaine, j'ai le rendez-vous avec Zinzin.

J'ai toujours voulu travailler dans l'immobilier, grâce à toi, mon Papinou.

En sortant du tram, j'arrive dans le centre d'Amsterdam, le quartier chic, les maisons de maitre le long des canaux. Béa m'a aidée à préparer mon entretien d'embauche. On a passé tout au peigne fin, comment je m'habille, ce que je dis ou ne dis pas. Un scénario en béton !

Une grande femme pulpeuse vient me chercher, c'est Zinzin. Il n'y a pas photo, Béa me l'a très bien décrite. J'aperçois Béa en haut des escaliers, qui me fait un grand sourire d'encouragement et un clin d'œil avant que je rentre dans le bureau de Zinzin.

J'ai les mains moites. Je m'assieds dans le fauteuil qu'elle me présente sans qu'un son ne sorte de sa bouche. Plouf je m'enfonce… et elle est debout devant son bureau de notaire. Discrètement, j'essuie mes mains sur ma jupe noire et me redresse tant bien que mal dans le fauteuil, le dos droit, au bord de l'assise.

Le téléphone sonne.

— Allo, répond Zinzin.
Comment s'appelle-t-elle, « pour de vrai » ?
Ah oui, madame Leboutier.

Elle parle fort ou elle crie. Je n'arrive pas à faire la différence.

— Non, non, et non, ça ne va pas se faire !
 Sans moi !

Et elle raccroche furieusement. Il ne lui manque plus que le fouet. Les bottes noires en cuir, elle les a déjà.

— Cela s'appelle être fonctionnellement fâchée ! Donner ses limites. Dans ce métier, c'est essentiel. Tu sais faire ça, toi ?

Comment lui répondre que je dois m'exercer, que je suis plutôt du clan des « Oui, je t'aide », « Oui, bien sûr, comme tu veux », donc pas du tout ! Définir mes limites, c'est plutôt les autres qui me les imposent !

— C'est nouveau pour moi, madame, mais j'apprends vite.

Ouf !

Je me lance, après tout, je n'ai rien à perdre ! Plus de parents, juste ton cardigan et ma Béa, mon amie fidèle. Alors, une Zinzin dans mon cercle social, pourquoi pas !

Je suis engagée. Le piston a bien fonctionné ou ce sont mes compétences qui ont fait la différence. En fait, je m'en fous, ça m'arrange très bien.

Premier jour, Béa et son sourire m'accueillent. *Je fonds, je ne fonds pas !* Elle me montre notre bureau.

— Sympa ? Enthousiaste, ma poulette !

— Oui, mais je suis quand même prudente. *Ne me touche pas. T'imagines, si je ne me contrôle pas !*

— Tu n'as pas l'air contente, ma poule. C'est ce que tu voulais, quand même ?

— Si, je suis très contente. J'espère juste être à la hauteur !

— Mais cela va de soi, ma poule, tu vas apprendre. Zinzin n'est pas méchante, elle est plutôt directe. Regarde où tu es !

— Oui, elle est magnifique cette maison, avec ses hauts plafonds. Tout en parquet, celui qui craque. J'adore, digne d'un film d'époque. Je vois bien Mozart dans cette pièce.

— OK la rêveuse. Allez, viens que je te présente à l'équipe.

Je passe les pièces en enfilade et de bras en bras :

— Et voici Jan, Thierry, Astrid et Pieter. Là c'est Edwin, Françoise et Ingrid.

Comme si j'allais retenir tous ces prénoms.

— Elsa, enchantée, enchantée, oui, Elsa et toujours Elsa.

— Ça, c'est la vente. Bon, on descend. Au rez-de-chaussée, c'est la location.

— Ah OK (*encore des noms et des noms)*, Ricardo, Alexander, Suzanne et Barbara. Pfff… j'ai faim. Toutes ces présentations me donnent le tournis.

— Ah, bonne idée ! Je vais te montrer la cantine. Voici notre maman à tous, Jacqueline, qui nous prépare de la bonne soupe fraîche et des salades, et de temps en temps des plats chauds.

— Enchantée, Elsa.

Jacqueline rougit du compliment

Qu'est-ce que je me sens mal à l'aise dans cette jupe !

— Dis, Béa, demain je mets mon jeans et mes baskets. C'est bon ? demande-je timidement.

— Désolée, ma poulette, pas de baskets et pas de jeans.

Pas de chance, Zinzin attache beaucoup d'importance à la tenue. J'arrive habillée comme je veux et je me change au bureau.

Attends, Zinzin attache de l'importance à la tenue ? Je me marre, elle, avec ses bottes de SM en cuir noir, sa jupe trop courte pour son âge et sa corpulence, et son décolleté plongeant.

Tiens, à partir de quand le décolleté se transforme-t-il en décolleté plongeant ? C'est comme pour les plongeoirs à la piscine ? Si la tenue de Zinzin est correcte, moi je suis Marilyn Monroe.

Ma théorie se confirme lors d'une réunion avec le marketing et un nouveau collègue de la finance. Le pauvre est face à une Zinzin dans toute sa splendeur, qui, prise dans sa ferveur, explique ce qu'elle attend. Je remarque alors qu'il devient tout rouge, mais j'ignore pourquoi. Les autres boivent les mots de Zinzin. Je l'observe et m'aperçois que son décolleté est complètement ouvert, son téton gauche est à l'air libre. Zinzin n'ayant pas beaucoup de poitrine, elle peut se permettre de ne pas porter de soutif. Ça, c'est sans compter sur ses multiples mouvements saccadés. Sans soutif, ses seins s'échappent. Je me marre en apnée. Je n'ai pas osé dire quoi que ce soit, même pas à Béa qui semblait concentrée. *Tant pis mon vieux, il faut que tu assumes ta place.*

L'immobilier, c'est du business, on n'y fait pas de cadeau ! J'apprends tous les jours. Béa me supervise, mais Zinzin n'est pas loin.

Un matin que je suis dans son bureau, j'en profite pour l'examiner. Elle veut s'implanter autour d'Amsterdam. C'est l'avenir, me dit-elle. Elle a des avocats qui rachètent des biens immobiliers aux enchères. Elle se crée alors un portefeuille d'exclusivités à un prix qui défie toute concurrence. Pas folle, la guêpe ! Faut voir comment elle négocie avec eux : force, rapidité !

Béa et moi formons un couple dynamique et complice. *Ops j'ai dit couple* ? *Je voulais dire binôme !*

Béa est une supérieure hors pair. Pas de faux pas, pas de mains baladeuses, on a même instauré nos meetings de self-affirmations pour me redonner espoir, optimisme et abattre mes croyances limitantes. Afin d'éviter tout problème avec les collègues, on se réserve une salle de meeting, comme si on devait parler d'un client et calculer le rendement de l'immeuble.

Notre premier projet est pour un investisseur nordique, qui veut acheter toutes les maisons en face de son investissement pour construire de nouveaux appartements. Cependant, les propriétaires n'ont pas l'intention de vendre leur maison. On envoie alors les Starsky et Hutch de l'immobilier, alias ma Béa et moi. On doit convaincre les propriétaires de vendre leur maison et, pour bien faire, les acheter à un bon prix. On transpire, on utilise tous nos atouts : de l'empathie à la psychologie, ou est-ce de la manipulation ?

Quelques mois passent, quand un jour, Zinzin nous appelle dans son bureau. Ce n'est pas bon signe, ce n'est pas le genre de femme qui fait des compliments. Quand elle a quelque chose à te dire, elle te le lance en pleine figure et devant tout le monde. Ça passe ou ça casse. J'ai déjà vu plusieurs de mes collègues rentrer chez eux en pleurant.

Donc, je m'attends au pire. Béa a son regard sérieux qui suscite mon appréhension, du coup, ma respiration s'affole, je transpire. En vérité, je te retrouve en elle, Papinou.

Zinzin la décideuse, la séductrice, met tout en œuvre pour atteindre son objectif, pour négocier avec les investisseurs. Ils luttent dans son arène. Elle défonce, la Dracula des affaires. Elle peut bien rouler dans sa BMW dernier modèle, elle le mérite.

— Non et non ! Ah les filles, nous dit-elle en nous voyant rentrer dans son bureau.

Les filles, c'est nous. C'est plutôt bon signe, normalement, elle nous appelle « les putes » ou « les petites salopes ». Je te jure !

Béa prends la parole, s'il te plaît. Moi, je reste derrière. Je dis tout ça en transmission de pensées, avec mon regard. Oh, miracle, Béa comprend !

— Oui, Charline ? Que puis-je faire pour toi ?

Elle s'appelle Charline ? Je l'apprends seulement maintenant, alors que je travaille pour elle depuis huit mois.

— Où en est-on est avec les achats ?
— Il manque trois maisons, Charline.
— Bon, écoute-moi bien, Béa. Toutes les deux, vous me bouclez ce projet. J'ai décroché la restauration des maisons. On a la location des nouveaux appartements en exclusivité. Vous mettez les bouchées doubles, jour et nuit, et avant la fin de la semaine, c'est signé. Pigé ? Allez, au boulot !

On n'a pas le temps de protester. On remonte dans nos bureaux et on se regarde sans dire un mot.

Il nous reste trois jours et quelques heures. *Pas de panique, pas de panique.*

— On va y arriver, ma poulette. On achète du chocolat, on va les voir, on prend le café avec eux. D'abord, j'appelle un type qui travaille à la Compagnie des Eaux, il me doit une faveur.

Il temps est d'employer les grands moyens. Le chocolat est acheté, on se trouve face à nos trois propriétaires, à la table de cuisine, devant un café infect.

— Merci pour le chocolat, nous répond la plus vieille des trois. Ne croyez pas que je vais changer d'avis. Je reste dans ma maison. Mon mari est mort ici et j'y compte bien, moi aussi.

Les deux autres acquiescent.

— Ne vous inquiétez pas, répond Béa, à ma grande surprise.

Ne pas s'inquiéter, bof. Elle a perdu la mémoire, ma parole.

— Je comprends, enchaîne-t-elle. Dans l'éventualité où vous changeriez d'avis, je vous ai trouvé un appartement. Il n'est pas loin de votre quartier actuel. La résidence a un service impeccable et de nombreuses activités. Regardez quand même, lui dit-elle, en lui tendant les dépliants.

Les trois la regardent avec les yeux et la bouche grands ouverts. Béa a formulé son message d'une voix douce, tendre et aimable. Les dames sont soulagées, apparemment Béa les comprend. Moi, je bouillonne de l'intérieur.

On sort et elle me dit de rentrer à la maison et de bien dormir.

— Fais-moi confiance, ma poulette, me murmure-t-elle.

Encore un apprentissage du monde de l'immobilier. Finalement, on n'a pas tout bouclé en trois ou quatre jours, mais en un mois.

Les propriétaires des maisons, déjà âgés, en ont eu marre de nous voir débarquer tous les jours, même avec des chocolats. Ils ne supportaient plus les travaux dans la rue pour la construction des nouveaux appartements et les coupures d'eau bizarrement régulières. Ils ont lâché prise et ont accepté la proposition de Béa.

Chapeau ma Béa ! J'ai saisi la signification des mots « persévérance » et « détermination » en te voyant agir. J'ai un doute quant au point de vue éthique, par contre. Mais bon, si on suit toutes les règles, on n'y arrive pas non plus.

Les semaines passent et je ne connais toujours pas ce bonheur tant attendu. Je rentre cassée tous les soirs. Je n'ai jamais trop envie, ni le temps pour ce fameux bonheur.

Ce soir, Zinzin organise un apéritif pour toute l'équipe. Elle prévoit une annonce spéciale, paraît-il. Je n'y vais pas, je m'en fous ! Je dois sortir, boire un verre, changer d'air.

Le lendemain matin, je croise Zinzin, notre Charline, dans les escaliers.

— Elsa, tu es priée de te présenter à mes communications ! Je ne veux même pas savoir pourquoi tu n'es pas venue !

— Oui, madame.

Je n'ai pas la permission de l'appeler Charline.

Béa est contrariée. Elle a dû lui dire, après maintes insistances, que j'étais à une autre soirée.

— Comment s'est passé cette soirée, alors ?

— Non, vas-y, la tienne en premier. Qu'est-ce qu'elle avait de si urgent comme nouvelle ?

— Elle va engager du personnel supplémentaire pour la team de la location.

— Génial. Il n'y a pas de quoi en faire un caca nerveux, non plus !

Béa m'explique le problème. Il est interdit de toucher au mec qu'elle a engagé, un certain Vincent. Il est destiné à une de ses filles. Celle qui sort avec lui est renvoyée.

Je me marre. Je lui fais remarquer que c'est débile comme interdiction, et que c'est interdit d'interdire.

— Poulette, tu sais comment elle est !

— J'adore. Maintenant, je n'ai plus qu'une seule envie, c'est de le rencontrer, ce Vincent. Le truc de ouf !

— Oui pas touche, hein ! Alors ta soirée ?

— Bof, pas encore ça, ma Béa. Comment je trouve le bonheur dans cette jungle ? Je doute. Je m'ennuie.

— Tu t'imagines que tout est facile à atteindre ! Allez hop, ma poule, arrête de pleurnicher. On va trouver un moyen.

En attendant, au turbin !

Chapitre 8

Je n'ai pas le temps de m'apitoyer ! La journée passe, on bosse comme des dingues. Je ne m'embête pas. Le favoritisme n'existe pas ici non plus, ce mot ne s'inscrit pas dans le vocabulaire de Zinzin, ni dans celui de Béa. Pas de cadeau, ce serait trop facile !

Béa me pousse dans mes retranchements et ne manque aucune occasion de me rappeler à l'ordre. Oui, c'est nécessaire. C'est un équilibre entre me laisser respirer et me défier. Elle me suit à la trace. À 8 heures tapantes, je suis tenue d'être présente ! Pour moi, c'est encore la nuit, mais que j'obéis. Elle me rappelle que ce job, je l'ai voulu.

— Bouge tes fesses, ma poulette ! Pense à tes ambitions !

Justement, là est tout le problème, ce n'est pas mon ambition, c'est la sienne. Mon ambition à moi, c'est le « projet Kleenex ». Béa a trouvé ce nom lors d'une de nos mémorables sorties arrosées. Je lui explique que je cherche le bonheur, mais que je ne sais pas comment le reconnaître.

— L'orgasme, quoi ! Comment je sais que j'ai un orgasme ?

Bon sauf avec elle, mais ça, c'est impensable. Je dois effacer ce souvenir de ma mémoire. Il ne s'est jamais rien passé. C'est un peu trop à gérer. Troublant. Je passe.

Elle s'étrangle avec ma question. *A-t-elle les mêmes pensées que moi ?* Non, elle rit. Je ris à mon tour. L'atmosphère se radoucit, la tension s'évapore.

— On va créer un projet, le « projet Kleenex », ma poule. On fixe les règles, et un jour, on met tout par écrit !

Depuis, je me triture le cerveau. Ce jour viendra.

Au boulot, je m'applique, mais les rumeurs de couloir m'intéressent énormément. Des phéromones se dégagent dans la maison, les femmes se trémoussent dans leur jupe, surtout Astrid. Elle a changé. Elle est plus maquillée, elle porte des hauts talons, elle rit bêtement quand je lui remets le dossier d'un immeuble pour la location. J'attribue ces mutations humaines à la venue prochaine du nouveau à ne pas toucher, Vincent. Ces comportements me fascinent.

Grâce à Zinzin, j'en ai pour mon argent. Je prends le temps d'examiner mes collègues. Lors des fêtes à la Zinzin, tout le monde se montre sous un autre jour. Zinzin adore faire la fête, elle aime récompenser l'équipe avec un super *teambuilding*. Tu bosses à fond. Après, tu célèbres. Avec de l'alcool, beaucoup d'alcool. Et des bulles, encore mieux.

Elle annonce une soirée pour jeudi prochain. On célèbre au champagne le projet de Béa. Tout le monde est convié, toute l'équipe de vente et de location. Le projet n'est pas fini, mais célébrons chaque pilier du projet, a-t-elle dit. En me fixant du regard, elle insiste pour dire que tout le monde doit être présent. Il y aura une surprise à gagner. Je crains le pire, Zinzin et ses idées, je me méfie. Je ne sais même pas de quoi elle est capable, en fait !

Zinzin, dans toute sa splendeur, m'inspire et m'impressionne. C'est une femme d'affaires de caractère, qui évolue dans un monde de machos.

Ce que je préfère chez elle est sa manière de dire non : « Ça ne va pas se faire ». En néerlandais, ça se dit « *het gaat niet gebeurd* ». C'est bien plus fort qu'un simple « non ». Cette formule a le don de traumatiser son interlocuteur, de le plonger dans un sentiment de solitude intense. Je savoure. Elle l'adresse souvent à des hommes, qui se dépatouillent pour reprendre vie, pour trouver la répartie, pour ne pas perdre la face. *Qu'ils croient*. Pas d'inquiétude, Zinzin a une autre réplique, qui achève son adversaire : « Je ne me sens pas prise au sérieux ». Le coup de machette ! Et il part, la queue entre les jambes.

Elle est géniale ! Quelle personnalité ! Tu ne devines jamais rien de ce qu'elle pense. Alors que moi, je suis un livre ouvert. J'étudie, j'examine et j'applique, *en tout cas j'essaye*. Je me marre, *dans ma tête !*

Tout le monde répond présent à la soirée annoncée. Zinzin a troqué ses bottes de cuir laquées noires contre des escarpins aux semelles rouges. La soirée a lieu dans le resto du coin, le patron connait bien Zinzin. Il nous a réservé la pièce du fond.

Les mâles se précipitent, se bousculent, pour s'asseoir à côté ou en face de Zinzin. Le ton est donné par le patron du resto, il apporte les vins et le champagne.

— On commence et on finit avec des bulles ! hurle Zinzin.

J'ai rarement vu autant d'alcool sur une table ! *Tout est encore et toujours nouveau pour moi, d'où je sors ?*

Le repas se passe gentiment, presque banalement. Tout d'un coup, Thierry, de la location, enlève son blazer, desserre sa cravate et se met à danser au milieu du restaurant. Pour rigoler, qu'il dit ! Zinzin, d'un signe de la main, le fait illico presto se rasseoir. Ce n'est pas le moment. Et surtout, c'est Zinzin qui donne le coup d'envoi. On en est au dessert, quand elle tend son verre de champagne et trinque :

— Santé et merci et à toutes les équipes pour votre travail ces derniers mois.

Elle me tend une enveloppe, j'ai gagné le concours, cette fois. Je ne comprends pas trop ce que j'ai fait pour, mais bon… Je regarde Béa, qui est aussi étonnée que moi. Elle m'avait prévenue des cadeaux spéciaux à la Zinzin. Thierry, lui, avait gagné un weekend de tantra, la secrétaire avait eu droit, elle, à un massage par des inconnus dans l'obscurité. Elle était toute rouge en sortant de la pièce. C'est tout ce que l'on a su de son expérience.

J'ai peur d'ouvrir cette enveloppe. Ma gorge se serre, le rythme de mon cœur s'accélère. Tous les regards sont sur moi.

— Ouvre ! me crie quelqu'un de la table.

Je m'exécute. J'essaye d'afficher un grand sourire en lisant à haute voix. Tradition oblige, paraît-il !

CONGRATULATIONS YOU WON

Un workshop pour 2 personnes à Berlin

Bodysex pour explorer la sexualité, l'orgasme, la masturbation, l'image corporelle et le plaisir ensemble

J'ai dû lire plusieurs fois avant de comprendre. *Un workshop pour 2 personnes à Berlin.* Jusque-là, ça va, je n'ai jamais été à Berlin. Pour 2, j'emmène ma Béa. Elle vient lire par-dessus mon épaule, cette invitation de *merdouille*, le cadeau, la récompense, *le ce que tu veux, mais je n'y vais pas. Non, mais !*

Zinzin ne m'a pas quittée des yeux.

— Alors ? me demande-t-elle.

Béa me sauve et répond du tac au tac,

— Génial, une excellente idée, Charline !

Je regarde Béa d'un air ahuri. Le volume de la musique est à fond, le patron a descendu le projecteur pour suivre le clip des artistes. Béa s'approche de moi et m'enlace. Bizarrement, je me calme. Je suis scotchée sur ma chaise.

— Une immersion pour la nouvelle ! me sort Thierry, en rigolant.

Une immersion de merdouille, oui ! Je t'en foutrais des immersions !

Tout le monde s'en fout, même Béa, qui est joyeuse, souriante et enthousiaste. Elle me dit que ça tombe à pic par rapport à mes questionnements, une belle avant-première pour mon projet Kleenex. *Elle pense vraiment que c'est bien pour moi, ou pour elle ! Tiens, elle se souvient du projet !* Elle va danser avec les autres et n'entend pas ma réponse. Je bois. C'est un cauchemar, je vais me réveiller !

Au loin, je vois Zinzin avec son escarpin dans la main et Thierry bavant dans ses seins. Elle lui verse un liquide directement de ses escarpins dans sa bouche.

— Encore du champagne ! crient les autres.

Béa aussi est de la partie. Ça danse bien, Zinzin a déboutonné son chemisier, je crois apercevoir un bout de sein, un soutif, de la dentelle. Thierry, *de nouveau là celui-là*, n'en rate pas une miette et se frotte à Zinzin. *Dis donc, le mâle réattaque.* Ce qui m'étonne le plus, c'est que Zinzin ne dit rien. Frotti frotta, ils ont l'air d'avoir du plaisir.

Je n'ose pas trop bouger, je reste assise sur le bord de ma chaise, *pour ne pas dire au bout de ma vie*, je me tortille de tout mon corps, assise. Béa me ramène du champagne, puis un autre verre et encore un autre.

— *Enjoy*, ma poulette.
— Il faut que je te parle, lui crie-je.
— Plus tard, viens ! répond-elle, en me tirant vers la piste de danse imaginée par notre Thierry national.

Les lumières se mettent à bouger et je commence à me lâcher, je le vois bien, mes pieds bougent sur le sol. Béa me sourit, *quel sourire charmeur !* Elle m'apporte encore une coupe de champagne, *encore !*

— Relax et danse ma belle !

Depuis le temps que j'en ai envie, alors je danse. Je flotte, je plane et je ferme les yeux. La musique traverse mon corps, je souris à tout le monde, jusqu'à croiser le regard de Zinzin. Elle s'approche. Je n'ai même pas peur. Je la prends à la taille et la colle fermement à moi. Ça lui plaît, elle me tend son escarpin et me fait boire son jus.

— Je crois comprendre que tu es enfin sortie de ta coquille.

— Ma coquille ?

Thierry revient à la charge et la reprend contre lui. Béa a tout vu et décide de m'appeler un Uber. J'en ai apparemment assez fait pour ce soir.

— Ta performance était parfaite, me lance-t-elle ironiquement.

Elle me jette dans la voiture, donne mon adresse au chauffeur, me balance mes affaires, en me rappelant que demain, c'est vendredi.

— Huit heures tapantes ! crie-t-elle en claquant la porte.

— Oui, mon commandant !

À vrai dire, je ne sais même pas comment je suis arrivée dans mon lit. J'ai dormi comme un bébé, mais à mon réveil, j'ai un grand doute. Rêve ou cauchemars ?

Où est mon sac ? Que personne ne bouge, on a volé mon sac. Je suis con aussi, il n'y a personne chez moi. Ah, le voilà.

Le concours ! Je n'ai pas rêvé. J'ai bien gagné. Tu parles d'un gain ! Un weekend de merde, oui ! Comment faire pour ne pas y aller ?

Chapitre 9

Vite, 7 h 30, je suis en retard.

Et si je disais que j'étais malade ou que je me suis cassé une jambe ? Non, ça ne va pas le faire. Allez, Elsa, cherche ! Tout le long du chemin, je me concentre pour trouver une excuse pour ne pas aller suivre ce weekend de comment déjà ? *Sexbody* !

— Tu es en retard, Elsa !
— Pas de « bonjour ma poulette » aujourd'hui, Béa ? Dis, le truc de *sexbody*, je ne veux pas y aller. Il faut que je trouve une excuse.

— Bonjour ma poulette, si tu veux. Ce n'est pas *sexbody*, mais *bodysex*. Et on ira !

Une excellente occasion de me trouver, de répondre à mes questions et d'en apprendre sur mon corps, m'affirme-t-elle sérieusement.

— Tout ça n'arrive pas par hasard, un *nouveau monde* s'ouvre à toi. Ton projet Kleenex se dessine, on va commencer à l'écrire. Il va te propulser et dynamiser ta vie. Tu vas te découvrir, tu vas voir.

Béa m'explique que ce weekend est une primeur, une sorte de purification pour mon corps. D'après sa fondatrice Betty Dodson, ce cours nous apprend à nous masturber, à connaître l'orgasme et finalement, à être en paix avec notre corps.

— C'est une expérience érotique incroyable, ma poule.

Ah ! Mes règles !

— J'ai mes règles.

Voilà, la bonne excuse ! Elle me fusille du regard, *wow, touchée en plein cœur*. Ma journée va être très longue (lire douloureuse), je dois me faire à l'idée. Elle me dit de mettre mon égo de côté. *Qu'est-ce qu'il vient faire ici, lui !*

Heureusement, l'ambiance au bureau est assez frivole. Toutes les nanas sont ébouriffées ou excitées. *Oui, toujours les phéromones.* Il y a un je-ne-sais-quoi qui butine autour de la porte d'entrée. En gros, elles attendent l'homme du moment, celui à ne pas toucher, pour le plus grand plaisir de ces messieurs. Je vais bien me marrer ! Quelle est la nouille qui va tomber dans le panneau et qui va le toucher ? Y en a toujours une qui s'approche du pot de miel interdit et plouf ! en plein dedans !

Ces mesdames de la location se mettent au régime protéiné. Une autre reprend son cours de kick-boxing, et l'autre change de coiffure, elle a besoin d'une nouvelle tête. J'observe et me délecte de toutes ces allées et venues.

Béa veut me parler. À ces occasions, elle réserve la salle de réunion.

— Tranquille, c'est à propos du boulot, ma poule.

Pas trop envie.

— Qu'est-ce que tu veux encore, Béa ? C'est bon, là. Ras le bol. S'il te plaît, on reporte ce foutu weekend à la semaine prochaine. Allez, ciao !

Je n'écoute même pas la réponse. Elle me prend par le poignet et me ramène dans la salle.

— Ma poule, arrête de râler. Ta vie est dans une impasse. Que veux-tu, au fond ?

— Dans ma vie ? Aujourd'hui, rien ! Je n'ai envie de rien. Et sûrement pas de me tripoter devant dix autres femmes !

— Poulette, ne t'affole pas. Tu me fais confiance ? Si cela ne te plaît pas, tu sors de la salle. *Deal* ?

— *Deal.*

Ras le bol de discuter, elle m'a à l'usure.

L'heure a sonné, on part à Berlin.

J'examine ma vulve. Comment elle se dessine? On représente souvent le zizi, mais pas le clitoris. Il est où ? Ah ! c'est ça ! Ensuite, je compare avec celui des autres nanas. Miroir à la main, les jambes écartées, on s'admire et on se touche. Dix femmes du monde entier venues pour suivre ce cours. Un weekend de deux fois cinq heures à mille euros. Les accessoires utilisés pendant nos séances de masturbation nous sont offerts, c'est inclus dans le prix. *La belle aubaine !*

On jouit ensemble et nous nous appelons le *sisterhood*. Il n'y a pas une foufounette qui se ressemble ! Au début, nos têtes sont tirées par l'inquiétude, comme quand je me retrouve sur la table du gynécologue : « Madame, je vous rassure vous n'avez rien de grave. Elle est bonne pour le service ! »

En fin de compte, j'éprouve plus de difficultés à montrer mes sentiments que ma foufoune ! On a orgasmé à tire-larigot, à s'en couper le souffle. Une émotion si forte qu'après avoir gémi, plusieurs de mes *sisters*, arrivées au point culminant de leur plaisir, se sont mises à pleurer, et moi la première. Tu vas rire, ce weekend à Berlin a un peu soulagé ma peine. Mon *fouinage* m'a procuré une certaine révélation mystique.

C'est seulement à mon retour au boulot que je mesure les conséquences de cette expérience. Tout le monde sait et leurs yeux s'incrustent dans mon corps, me pénètrent. Les images vicieuses en débordent. Je vois bien leurs regards qui me demandent et n'attendent même pas la réponse. Ils savent ! Quelle chance ils ont.

Chapitre 10

C'est l'heure du *lunch*, on se rend à la cantine.

Zinzin nous fait signe de nous asseoir à sa table. Je recule, Béa me pousse, on y va. Sourire aux lèvres, on s'installe. Zinzin me scrute du regard, j'arrive à peine à manger.

— Alors, ce weekend à Berlin ?

Béa réponds-lui, s'il te plaît, moi je mange. Vite, je mets un morceau dans ma bouche et je souris béatement.

— Oui, Charline. On a eu de la chance, il restait des places. Un weekend très ludique et chaleureux, une rencontre avec des femmes bienveillantes.

Elle assure ma Béa ! Zinzin, bouche pleine, hurle de rire et crie à qui veut l'entendre :

— Mes petites salopes se sont touché la chatte pendant tout un weekend ! Très bien, vous revenez en forme. Heureusement, vous n'avez pas attrapé froid à vous balader à poil !

Quelle magnifique remarque ! Pas besoin de cette attention, en plus ! *Oh my god !* Ouf, elle sort de table. Elle a un rendez-vous. On en profite pour remonter dans notre salle de réunion, à l'abri des regards.

En attendant, je reste sans but et toujours sans bonheur. Je ne suis toujours pas heureuse ! Béa le voit bien et cela la perturbe. Son boulot est pour elle le début d'une carrière, elle m'explique qu'elle veut se stabiliser et qu'elle ne va pas me laisser me reposer sur mes lauriers. Elle se préoccupe de ma vie amoureuse. Elle veut me voir épanouie. Mais sortir, aller à la rencontre de l'autre, seule, j'ai du mal. Pourtant, je veux connaitre cette vie amoureuse, ce bonheur.

On n'a rien sans rien. Béa, qui adore les phrases toutes faites, en a une autre : « Si tu veux quelque chose que tu n'as jamais eu, tu dois faire quelque chose que tu n'as jamais fait ». Elle rajoute que je peux aussi être heureuse avec des petits plaisirs simples comme contempler un paysage, des fleurs, me réveiller le matin…

Je regarde vite ses pieds, ah non, elle ne lévite pas, un moment, j'y ai cru. Spirituelle, ma Béa ! Que veux-tu que je réponde à ça ?

Elle voit bien que je ne suis pas convaincue. Je n'ai jamais connu l'Amour, à l'aube de mes 30 ans, et je ne sais toujours pas ce qu'est un orgasme !

— Poulette, tu crois au hasard, toi ?
— Non, il n'y a pas de hasard, je crois à la chance.

Les yeux de Béa s'illuminent, elle a une idée.

— Chaque personne rencontrée est donc une opportunité ?
— Tu veux dire que je peux sortir avec tous les mecs que je rencontre ? Je leur parle, je baise ? Je fais ce que je veux ?

Je dois reconnaitre que Béa est expérimentée pour monter des projets. Poussée par l'envie de me voir heureuse, le marqueur noir à la main, elle commence par écrire sur le tableau : « SWOT Analyse, projet Kleenex », souligné deux fois. On ne sait jamais qu'un collègue arriverait dans la salle de réunion. On pouffe de rire. Les pours, les contre, les risques, je détaille tout. Ses questions fusent, pour être bien précise, me dit-elle. En conclusion : je rencontre, je parle et je prends si je veux.

Les règles sont strictes : toujours protégée (prévoir la boîte grand format) et jamais chez moi. Je laisse un post-it sur l'oreiller avec un merci et je ne passe pas la nuit chez le candidat.

— Tu gardes le contrôle. Si tu le désires, tu laisses ton numéro de portable. Tu prends et tu jettes, c'est ton choix.

On met une heure et demie pour faire ce schéma, et le projet Kleenex est né.

— Merci ma Béa, sans toi, je n'y arriverais pas !
— Tu peux aussi mettre un symbole, comme le chiffre trois, par exemple. Trois rencontres,

trois choses qui ne te plaisent pas, trois semaines, trois jours.

— J'aime bien la symbolique du numéro trois. J'ai compris.

Je la prends dans mes bras, ça fait longtemps que je ne l'ai pas serrée contre moi, depuis notre nuit ensemble. Moelleuse, accueillante, je sursaute à l'évocation de mes propres souvenirs. Elle me sourit, elle a deviné ma pensée. Elle me tend un cahier où je noterai toutes mes rencontres en détail.

— Bien, bien, chef, dis-je, en lui faisant un clin d'œil.

Les règles du projet Kleenex en poche, j'applique et je m'aventure. Béa est au premier rang, au taquet, à l'écoute. Elle m'encourage, me conseille et me remonte le moral. On rit des drames et des cas bizarres que je rencontre. Pour le moment, nos fous rires sont la meilleure partie du projet. Il faut bien le dire, la pêche n'est pas géniale. J'en rencontre des vertes et des pas mures.

Première catégorie : le « bas de gamme ». Le mec qui refuse de se déplacer, donc on se rencontre dans son coin. Du coup, je me tape trente minutes de train juste pour boire un café. Quand j'arrive, il est déjà là. Il s'est commandé un cappuccino et une tarte aux pommes. Il me commande un café.

Pas besoin d'un dessin, rien ne se passe. Je coupe court et demande l'addition. Me casser est la seule chose qu'il m'inspire. Le bâtard a oublié son portefeuille.

Je rêve ! Depuis quand il faut un portefeuille pour payer ? Même pas l'appli sur son portable ! J'ai payé. Il m'a gonflé. Je suis fâchée sur moi aussi, je suis conne, en fait.

Béa m'a fait jurer de ne plus jamais aller à un rendez-vous ailleurs qu'à Amsterdam. Une règle de plus dans notre cahier des charges Kleenex. J'encaisse et je note dans mon cahier. On les surnomme, on les épluche, ensuite on prend notre décision. La plupart du temps, notre jugement suprême, c'est direction la fosse aux lions.

Seconde catégorie, le « d'une autre galaxie ». Figure-toi que les zigounettes aussi sont toutes différentes ! J'ai regardé sur Google, ils disent qu'il en existe deux sortes. Je peux en ajouter une : la banane Chiquita ! Le pauvre, il se déshabille et je vois une banane, sauf qu'elle n'est pas jaune ! Par contre, elle est toute courbée ! J'ai attrapé un fou rire. Je n'ai rien pu faire, je suis partie. *Je ne vais quand même pas me faire sauter par une banane ! La banane sautée, non merci, je passe.*

Je ne retrouve pas l'orgasme de Berlin. Du démentiel à la pelle. Pourvu que l'expression « ce qui s'est passé à Berlin reste à Berlin » soit fausse.

Dans le chapitre exercices complémentaires, Béa n'a rien trouvé de mieux que de me faire regarder des films pornos.

— Des sources d'apprentissage en plus, me dit-elle.

Rien de tout ce que je vois ne se passe en vrai ! Je fais semblant, je ne sens rien, ils sont contents d'eux. Je tente : je crie, car j'ai vu crier, je griffe, car j'ai vu griffer. Ils n'aiment pas. Je continue à enchaîner les plans d'une nuit, et je bois pour accompagner ma solitude.

— Poulette, ne te décourage pas !

Elle est drôle ma Béa. Ne pas me décourager, je veux bien, mais ce n'est pas facile.

Chapitre 11

Ouille, ouille. J'ai dû exagérer sur le whisky, ce weekend. Je n'aime pas le whisky, en plus, je le sais. Pourquoi j'en bois, aucune idée. Résultat : un mal de crâne, j'arrive à peine à sortir de mon lit. *Tout tourne.*

Grande réunion au planning ce matin, il faut que je me bouge, pas question de me mettre en maladie. C'est un grand jour pour Béa aussi, elle va m'engueuler de ne pas être pro, comme elle dit. L'attribution du poste de directrice des ventes est pour très bientôt. Zinzin regarde, observe et calcule.

Ma Béa a la bougeotte, je dois lui sortir de la tête l'envie de s'expatrier. Je la retiens ici contre moi. Je n'ai qu'elle.

— Ici, ou ailleurs, je trouverai du boulot.

J'ose :

— Reste avec moi !

Elle me jette à la tête :

— Tu crois quoi ? Moi aussi, je suis seule ! Je bouge, moi !

Pas de « ma poule ou poulette », j'en ai la chair de poule ! Je mets toute cette émotion sur le compte de la rancune, de la frustration ou du chagrin, et sur mon refus d'accepter. C'est une femme, quand même. C'est comme si on m'avait appris à jouer à la bataille pendant toutes ces années, et puis je découvre que de jouer au poker, c'est aussi un jeu de cartes, mais en plus raffiné, plus subtil et plus sucré. Je refoule cette idée, je remets mes œillères.

Je n'ai pas de temps à perdre, je n'ai pas envie d'y aller en vélo, même s'il fait très beau, je m'en fous.

Comme je le craignais, Béa m'accueille, cachée derrière la porte. Comme ma mère, ce soir de miracle où elle m'avait permis de sortir. Elle m'attendait dans mon lit, je ne l'avais pas vu venir.

— Béa ! S'il te plaît, j'ai une migraine, ne crie pas. Et puis que fais-tu derrière cette porte ?
— Dis, t'es en retard ! Le dimanche, tu fais autre chose que de t'envoyer en l'air ? Ta chatte, tu peux bien lui accorder un jour de congé ! Là, c'est le boulot, ma petite, il faut y aller !

Le stress monte, la promotion approche, elle compte sur moi. Elle me pousse dans le bureau, me file un café pour mon mal de tête et mon haleine, paraît-il.

Zinzin se déplie de sa chaise, et wow, c'est moi ou c'est toujours comme ça ? Impressionnée, je me pousse au fond de ma chaise. Elle a mis du rouge à lèvres écarlate, ça ne lui va pas du tout. On dirait « La Madame » du bordel à côté de chez mon dentiste. *Qui sait, c'est peut-être elle ?*

Je me redresse en sursaut. Béa me pousse du coude et me fait ses yeux du « écoute-et-dis-quelque-chose ». J'ai perdu le fil de la discussion.

Les investisseurs sont tellement contents du premier projet qu'ils rempilent pour un second. Béa se bat comme une ourse qui défend ses petits, elle arrache sa promotion. Elle se défonce, elle argumente que nous sommes *THE* équipe compétente pour ce projet. Je la regarde de loin, complètement défoncée dans mon fauteuil, *ou c'est mon fauteuil qui est défoncé*, mon crâne va exploser !

Tout d'un coup, je reçois un coup dans le dos, *encore*, je me redresse et me retourne. Zinzin est derrière. Mais elle est conne celle-là, elle m'a fait mal aussi !

— Et toi, Elsa, tu en dis quoi ? Je n'entends que Béa. Pourquoi je vous confierais ce *deal* ? Pourquoi à vous, mes petites putes, et pas à Thierry et Françoise ?

Je me lève avec une aisance inattendue et lui balance d'une voix douce et ferme :

— Comme les putes, on sait négocier et attraper nos clients !

Zinzin éclate de rire. La maison en tremble. J'en conclus qu'elle ne s'attendait pas à ma réponse. *Moi non plus, d'ailleurs !* Béa est abasourdie sous le choc. À croire que la combinaison de ce coup et de mon mal de tête me donne le vocabulaire de Zinzin. Et là, Zinzin a une idée de dingue : un concours entre les deux équipes. Le coup d'envoi est donné. Je te jure, elle n'en rate pas une !

— La règle est simple : jeudi soir, on sort, on boit des shots d'alcool, et l'équipe qui en boit le plus gagne le concours.

Cool ! Au moins, là, j'ai la main ! Je ne peux en dire autant de Thierry et Françoise. Après tout, ce n'est pas pour rien que Zinzin les appelle « les saintes nitouches », mais bon comme on dit, il faut se méfier du vin qui dort.

Dans notre bureau, Béa me donne encore un café et un verre d'eau.

— Réveille-toi ma poule, je kiffe, là ! Jeudi, tu seras là ?

— Oui, oui.

— Je veux dire le soir.

— J'ai compris. Fidèle au poste, prête pour la bataille, ma capitaine !

Elle me sourit, j'en profite.

— Béa, je ne me sens pas bien du tout, je retourne à la maison. Je vais dormir cet après-midi et demain, je serai en pleine forme.

— Ça roule, ma poule. Reprends des forces, le grand concours arrive !

Je rassemble mes affaires et je prends mon téléphone. J'aperçois mon vélo, devant dans le parking. Tiens, j'aurais juré que ce matin, j'avais pris le tram. Il faut que je me couche.

Chapitre 12

J'enfourche mon vélo. Ça va me faire du bien, un peu de vent dans les cheveux. Le soleil réchauffe mes petits os. En route pour la maison, le dodo, ma couette.

Avec ce temps andalousien, Amsterdam se transforme en grande ville balnéaire. Ses habitants se dénudent, les sabots se transforment en tongs et les pantalons en shorts, même pour aller au travail.

Aïe, je suis par terre, j'ai le soleil dans les yeux, les genoux en sang. Merde, j'ai mis une jupe ! Pourquoi pas un pantalon ? Ah non, j'en ai un, mais pour ce qu'il en reste. Pourquoi tous ces gens sont autour de moi ?

— Ça va, mademoiselle ?

— Oui, oui, je crois.

Mon vélo et mes jambes ont fait des nœuds. C'est qui lui ? Arnold !

— Je suis désolé, je ne vous ai pas vue. Le soleil m'a aveuglé. Posez votre bras sur mes épaules, je vous aide à vous relever,

— Aïe ! C'est ma cheville.

Hmm… quelle carrure, Arnold, je suis dans un film. Dans les bras de Terminator.

— Bon, on va s'asseoir là-bas.

Il me montre un banc en face.

— Appuyez-vous sur moi.

— OK.

Pas mal ce que je touche, bon, aïe, aïe, mais hmm… hmm…

— Montrez-moi cette cheville.

Ne me dis pas qu'il est médecin, aussi ? C'est le jackpot. C'est ma mère qui va être contente. Arrête le galop, là !

Cet inconnu dont je ne vois que la main me tend un sac de petits pois surgelés. Je n'ai pas trop faim et… ah non, c'est pour ma cheville ! Terminator enlève le bandana qu'il a autour de son cou. *Qui met encore des bandanas ?* Avec les petits pois surgelés, il me fait un bandage autour de la cheville.

La foule se dissipe, il n'y a rien d'intéressant, même pas de sang !

— Vous habitez loin, mademoiselle ? me souffle-t-il dans l'oreille.

Oooh il y a un quelque chose qui se passe en moi, dans mon ventre, comme des guiliguilis, quand il m'appelle « mademoiselle ».

— Oui. Je vais appeler un Uber. Je laisse mon vélo ici.

— Venez, mademoiselle (*dis-le-moi encore. Belle bête ce Terminator. Dommage que Béa ne soit pas là pour voir*). Je vous raccompagne, me dit-il en me montrant sa moto.

Tu rigoles ! À moto ? Quelle veine, je rêve debout ! Toujours voulu, jamais pu !

— À moto, lui dis-je un peu apeurée et en rougissant.

Ni une ni deux, il me prend dans ses bras et me pose à l'arrière de son engin. Une fois que le casque est bien mis, il me donne les dernières mesures de sécurité. Je me serre contre lui et enroule mes deux bras autour de sa taille. Quand il tourne, je prends le même mouvement.

Mon mal de crâne est passé, c'est fou quand même ! Je ressens des je-ne-sais-quoi dans mon ventre, ou est-ce plus bas ? Je me plaque avec intensité contre son corps tout chaud. Un peu de réconfort dans ce monde de brutes !

On arrive rapidement à la maison. *Dommage.* En posant mon pied sur le sol, je pousse un hurlement, *oui un vrai !* Il me reprend dans ses bras, j'abuse de ce genre de châtiment. Il me dépose devant la porte d'entrée. En une fraction de seconde, je m'entends enfreindre la première règle du projet Kleenex, en arborant mon sourire le plus mielleux. *C'est une exception, si on regarde bien, c'est pour le remercier.*

— On peut se tutoyer ? Tu montes prendre un café ?
— Oui. Je t'aide ?

Il a répondu si vite.

Je suis sûre qu'il l'attendait aussi !

— Non, ça va.

— Allez, mets un bras autour de mon cou, ça va aller plus vite.

Bon s'il insiste. Un parfum de tabac musc émane de son être tout entier, *excitant cette bête-là.* Je le serre très fort. Ouille. Je rate une marche, trébuche et me penche par-devant. Heureusement, je me rattrape en mettant les mains sur la marche devant moi. Effet domino, Terminator trébuche derrière moi, mes fesses à mi-chemin entre son visage et sa poitrine ! Même exprès, je n'aurais pas fait mieux !

— Attention ! Ça va ?

Combien de fois me l'a-t-il demandé ? Il me prend par la taille et me relève. *Aïe ma tête, tournez manège. C'est lui qui me fait ça ? Béa, sors de ma tête « ma poule pas chez toi ! ». Désolée, ça va pas le faire.*

Sa chaleur, son souffle dans mon cou, on poursuit notre montée. Il m'effleure, nos touchers sont timides, comme dus au hasard. Je perçois son regard sur mon illustre postérieur. Mes courbes se courbent, *on accentue, mes quelques cours de danse servent enfin à quelque chose.* À chaque marche, nos respirations se font plus courtes, plus rapides. Je tiens la rampe, de peur d'avoir un malaise, nos mains s'effleurent à chaque marche, sans ambiguïté.

Déçue, j'arrive devant la porte et mes clefs tombent. Les escaliers sont étroits et il me rentre dedans. *Bien fort !* Je souris, me repenche en avant, mes fesses se garent devant sa figure. Mes mains encaissent le choc en se cognant d'un coup, résonnant sur la porte d'entrée. Il se colle encore une fois à moi, m'agrippe vigoureusement par la taille et me retourne aussi vite.

Je suis mouillée, ma parole, j'ai fait pipi dans ma culotte ? Mais non ! Où suis-je ? Aucune idée. Il me tend mes clefs. J'éclate de rire.

— Ouvre la porte, peut-être !
— Oui, pardon.

J'ouvre la porte. Cette fois, son entrejambe s'incruste dans le creux de mes reins. *Ne pas tomber dans les pommes, à la limite dans ses bras !* Je ferme la porte. Ses mains à ma taille, il me tire vers lui. Il pousse la porte avec son pied, m'enfonce sa langue dans la bouche. *Pas de chichis.* Nos langues s'entremêlent, telle la salade qu'on fatigue, sauf que ma langue ne se fatigue pas de cet exercice. Une communication mouillée et salivaire. Contre toute attente, j'en redemande, je ne m'en lasse pas. Il s'arrête.

— Tu embrasses toujours comme ça pour remercier les gens ?
— Euh… non, réponds-je.

Quelle conne, comme si cette question demandait une réponse !

Pressée contre le mur de l'entrée, à sa merci, je m'abandonne. Il soulève mes bras au-dessus de ma tête, mes poignets sont tenus par sa main. Son corps se frotte au mien, une main cajole mon sein, il m'embrasse le cou. Aucune résistance au déboutonnage de mon pantalon, je me tortille. Sa main descend dans ma piscine. J'entends des murmures qui vibrent sur ma peau. J'en frissonne.

— Tu la veux ?

Euh… pas le temps de répondre… le faut-il ? Dans ma bouche, il introduit ses doigts enrobés de mon lait.

— Ne bouge pas !

Il me donne des ordres maintenant. Sexy ! Il me lâche, mes bras tombent le long de mon corps.

— Tu restes comme ça !

Il remet mes bras au-dessus de ma tête, attrape un foulard accroché au porte-manteau et me l'attache autour des poignets. Sans dire mot, les yeux fermés, je savoure cette chaleur montée dans ma chair. Mon cœur s'emballe. Je veux sa bouche, sa langue, son souffle. Il me frôle. *Donne-moi*, il recule. J'ouvre les yeux. Il sourit et recule à nouveau. *Un jeu, c'est un jeu.* Mes poignets toujours dans sa main, ses yeux m'ordonnent de rester immobile, de ne pas me débattre. Une main s'aventure sur mon rein gauche et me pousse contre lui.

— Encore.

J'entends des voix dans ma tête, « c'est du costaud cela, madame ». *Je te le confirme !* L'autre main me déboutonne quelques boutons de plus. *Oui, mais pas trop vite, comme dit la chanson.* Wow, j'ai chaud. Ma poitrine dans sa main, il joue avec mon téton. D'ondulations en frottage, l'animal sort, le bestial s'annonce. Il me mord. *Aïe, mais t'es malade, toi !* Il me sourit avec un regard de satisfaction.

Oui, je suis à toi, oui je ne demande que ça, oui prends-moi.

Il me tient, moi, sa proie. Plus j'en veux, moins il me donne. Il joue avec moi, me secoue, me comprime. Je suis à sa merci ! *Délivre-moi, je n'en peux plus.* Je n'ai pas besoin de lui dire, cela va de soi. Mon corps parle pour moi. Je serpente, je demande grâce. Il sort Sa Majesté de son pantalon, son regard me perce et de sa main me pousse à genoux devant lui. Il fourre sa Majesté dans ma cavité buccale, me tire les cheveux. Il me donne la mesure de l'aller et retour. J'avale fiévreusement Sa Majesté. Il stoppe, me remonte par les cheveux, m'embrasse.

À moitié dénudé, il regarde derrière lui, me prend dans ses bras et me dépose dans le lit. Il se colle sur moi. Mon pantalon glisse le long de mes jambes, enfin ce qu'il en reste. Terminator et Sa Majesté rentrent dans mon royaume de la délivrance.

— Tu aimes ? Tu veux que j'arrête ?

Il dit quoi là ? Arrêter, tu rigoles ? Non, jamais !

— Continue, c'est délicieux.

Il sourit à nouveau.

—Assieds-toi sur moi. Bouge, salope, m'ordonne-t-il, en me claquant une fesse.

Mes jambes sont écartées, appuyées sur ses épaules, il approche sa langue de la partie tiède du royaume, ma liqueur. *Quelle flexibilité ! Ah ça je connais, oui. C'est comme l'autre fois, ça a un goût identique de plaisir, de parfum. Des flashs m'explosent la tête.* J'aime.

—Encore, encore, encore !

Flute, je dis ça à voix haute ! Telle une poupée, je suis retournée dans tous les sens. Sa Majesté s'enfonce dans mon royaume. Terminator accélère la cadence, comme sur sa moto, j'épouse ses mouvements. En fond sonore, le *Boléro* de Ravel déclenche notre rythme. *Plus de rigolades*. Une chaleur brûlante arrive à mon cerveau. J'explose, mon corps s'éparpille dans toute la chambre. Je crie, je transpire. De gémissements en miaulements, en passant par des roucoulements, il se secoue, on plane, je lévite. Je hurle, il rugit.

Je le serre dans mes bras, il pose sa tête sur mon épaule. Il dort !

Pour trouver son bonheur, il faut en ch   !

Chapitre 13

La lumière du jour me réveille. Hier soir, dans l'égarement, je n'ai pas eu le temps de tirer les rideaux.

J'ai bu quoi hier ? Rien ! Mais d'où je viens ? D'un rêve ? Ah non, je vois le préservatif sur la moquette. Le nectar du bonheur ! Je l'ai ressenti ! Surprise ! Pas de simulation, pas de cris gratuits, que du plaisir. Exquis ! J'en veux encore ! Je suis éclatée.

Il est où au fait ? Quel jour on est, quelle heure est-il ? Personne, il est parti, dommage. Un post-it sur l'oreiller. Coquin, tu fais comme moi ! *Hmmm… je lui ai expliqué mon histoire de post-it.* « Merci. Voici mon téléphone. Appelle-moi. »

Mince, je suis encore en retard ! Vite, à la douche. Pour respecter la symbolique du trois, je dois attendre trois jours ou trois semaines avant de l'appeler ? C'est trop long. J'en parlerai à Béa. *Si elle est toujours mon amie !*

Je sors du lit et aïe ! Je l'avais presque oubliée, celle-là. Ma cheville est bien gonflée et bleue ! Au moins, j'ai une bonne excuse. J'enfile des baskets et commande un Uber.

En route vers le boulot, je suis sur un nuage. Dans le taxi, je regarde Amsterdam comme si je la voyais pour la première fois. Une ville synonyme d'espoir, à la fois romantique, sensuelle et rose. Amsterdam, ma ville, où tout est possible. J'appelle Béa.

— Béa, j'arrive. J'ai eu un petit accident hier en rentrant. Je suis dans un taxi.
— Tu as eu quoi ? Un accident ? Ça va ? Pourquoi tu ne m'as pas appelée hier soir ?
— J'arrive dans dix minutes, je te raconterai tout. Viens juste m'aider à monter les escaliers.

Et je raccroche. Je profite des quelques secondes qui me restent pour replonger dans mes pensées.

— Accroche-toi à moi.

Béa est sortie pour m'accueillir.

— C'est quoi ce sourire ? C'est pas marrant du tout !

Je ne peux rien lui cacher, je suis un vrai livre ouvert. Mon sourire me coupe le visage en deux. J'attends d'être bien assise pour tout lui raconter. D'abord, je fais l'innocente.

— Je souris ?
— Enfin, oui ! Tes yeux brillent ! Toi, t'as quelque chose à me raconter. Bon, ma poule, la salle de réunion est libre.

Je ne discute pas, cela m'arrange. Dans la salle réunion, je sautille vers le fauteuil le plus confortable. Elle m'offre un verre d'eau et s'installe en face de moi. Elle est prête à entendre mes excuses et mon récit de l'accident. Elle est polie, elle attend son tour pour me bouffer en guise de punition.

Je commence mon histoire. Béa, d'habitude, a toujours des remarques. Stupéfaite, elle ne peut lâcher qu'un long soupir, en me dévisageant pendant que je déroule mon monologue.

— Voilà, je t'ai tout dit.

— Attends, je dois avaler la nouvelle. J'ai l'impression d'avoir mangé l'intégralité d'un buffet à volonté en moins de quinze minutes.

Excitée, emballée, c'est pesé. Je n'entends pas sa dernière phrase et j'enchaîne.

— J'ai enfin senti le nectar du bonheur. Je l'ai trouvé. Le projet Kleenex est clôturé.
— On se calme, ma poulette. Les règles du projet Kleenex, tu les oublies ?

J'acquiesce en faisant la moue. *Non je n'ai pas oublié.*

— Oui, je sais, je dois attendre. Le symbole trois. Trois heures, c'est acceptable ?
— Tu te fous de moi ? Non, pas trois heures. Allez, tu respires, on a du boulot !

Je suis navrée, ma Béa, je t'aime, mais j'ai trouvé mon Homme ! Je suis heureuse.

— Montre ta cheville. Tu as pris le temps d'aller à l'hôpital dans toute cette histoire ?

En voyant ma grimace, elle conclut, agacée :

— Non, à l'évidence ! On ira tout à l'heure.

— Ma cheville va mieux. Tout va bien. C'est pas la peine.

Je me sens hypnotisée. Je peux et je veux conquérir le monde.

— Prends ton temps, me dit-elle. Tu avances trop vite. Tu brûles les étapes.

Après un grand débat, je lui promets d'attendre. Je laisse couler l'eau sous les ponts, je ne me manifesterai que dans trois jours.

Le Terminator, lui, ne voit pas les choses sous cet angle. Il n'a pas de Béa ni de projet Kleenex dans son entourage qui l'empêche de revenir à la charge. À mon retour du boulot, quelle surprise de trouver mon palier parsemé de roses ! À ma porte, une carte est accrochée, sans signature : « À bientôt ma belle », avec un petit cœur dessiné.

Je résiste, ne pas l'appeler. J'ai promis. Je respire, que dis-je, j'inhale le parfum des roses. J'essaye de retrouver son odeur. Il a touché les fleurs, des roses blanches. *Il a retenu !*

Je me promène dans les couloirs au boulot avec un sourire niais. Je le sais bien. Les gens me regardent bizarrement. Je suis absente et dans les nuages.

Trois jours de torture, de maîtrise de mes impulsions, trois jours de fleurs et de mots d'amour. Mon cœur bat la chamade. Béa me distrait, me confie toutes les tâches possibles.

Il faut que j'entende sa voix, que je le sente, le touche. Je l'ai dans la peau ce mec ! Je ne dors pas bien. Je n'en peux plus ! Après la réunion, je l'appelle. Oh flute ! justement, la réunion.

— Elsa, tu en penses quoi, de cette idée ?
— Pardon, tu peux répéter s'il te plaît ?

Béa roule les yeux en arrière, me résume en une phrase et m'interroge du regard, très sévèrement. Il est question d'acheter des taudis et d'en faire des studios et appartements habitables.

— Dans cette idée, l'essentiel, à mon avis, est d'avoir un entrepreneur avec une communication impeccable.
— Perspicace ! crie Zinzin.

Ouf ! j'ai sauvé ma tête. Béa m'envoie un « t'as de la chance » par le regard.

Et mon Terminator, je l'appelle ? Je ne suis pas sûre de moi. Béa me dit d'attendre, mon cœur me dit de l'appeler maintenant. Notre nuit passée ensemble était comme une danse.

Comme la Bachata, encore un truc à la Zinzin. Elle nous avait offert un après-midi d'initiation à la Bachata, cette danse supposée nous assouplir et nous unir, d'après elle. Y en a qui se sont bien assouplis ! C'était chaud et sensuel. La secrétaire est repartie avec Thierry et Ingrid avec Bertrand. Zinzin s'est jetée sur moi. Je n'ai pas pu dire lui non ! Béa l'a mal pris. N'importe quoi ! Comme s'il y avait quoi que ce soit entre Zinzin et moi. J'ai quand même eu un doute le lendemain, quand elle m'a dit bonjour avec une voix suave. Elle est malade, elle m'a fait peur. Par miracle, ce n'est pas allé plus loin. *Ouf !*

La réunion terminée, je prends un café, m'enferme dans le bureau et appelle Terminator. Vite avant que Zinzin arrive pour nous présenter le nouveau.

— Poulette, il s'appelle comment encore le nouveau qui arrive, *The fruit défendu* ?

— Vincent.

— Tu t'en rappelles, ma poule ?

— Oui. Je téléphone à Terminator. Comme ça, c'est fait. Je n'arrive plus à me concentrer.

Tiens, lui, je ne connais même pas son prénom. Ne pas le dire à Béa !

— Franchement, tu l'as entre les jambes ce mec, pas dans la tête, poulette !
— Pourquoi attendre ? Tout le but du projet Kleenex est de profiter de ce qui arrive de bon.

Béa quitte le bureau et d'un ton agacé et rétorque :

— Bon, bon, je te laisse 5 minutes. Vas-y vite s'il te plaît, avant que Zinzin se pointe !

Ne serait-elle pas un peu jalouse, ma Béa ?

Ça sonne. *Pas de répondeur s'il te plaît, pas de répondeur.* J'entends la sonnerie, normal. Mais je l'entends aussi en effet sonore speaker. C'est marrant, ce truc ! Je suis tellement connectée avec lui que j'entends la sonnerie dans le téléphone et dans le couloir.

— Allo ?

— Allo ? C'est Elsa.

Je l'entends encore dans le couloir.

— Je suis très content que tu m'appelles enfin. Je peux te rappeler ? Je suis en rendez-vous.

— Pardon, sans problème. À tout à l'heure.

J'entends tout en double, encore dans le couloir ! Il faut que j'aille chez le docteur.

Il a mon numéro. *Check*. Je suis soulagée, il ne m'a pas oubliée. J'ouvre la porte du bureau, je fais signe à Béa qu'elle peut revenir. Juste à temps, Zinzin arrive et me sourit. Un reste de la *Bacchata*, je te jure. Elle se tortille du haut de ses deux mètres en montant les escaliers.

— Tiens, vous tombez bien toutes les deux ! Je vous présente Vincent.

En s'adressant à Vincent, elle nous présente.

— Voici, *the team de vente*. Une équipe de choc. Tu vas être en étroite relation avec elles, tu traites les mêmes dossiers pour la location.

Tout en disant cela, elle glisse sur sa droite et laisse entrevoir le fameux Vincent. *Non, je rêve ! Non, ce n'est pas vrai, ce n'est pas possible, je rêve ! Terminator ! Je suis rouge, verte, rouge !*

— Que le monde est petit ! Bonjour. Comment vas-tu ? me dit Terminator, en me serrant la main.

Zinzin étonnée, me regarde.

— Vous vous connaissez ?

En lui montrant mon pied, je m'excuse.

— Oui, Vincent m'a aidée lors de mon petit accident de vélo.

Béa s'assied pour ne pas tomber dans les pommes. Elle est blanche. En clopinant, je lui ramène un verre d'eau. Zinzin continue les présentations, je masque mon embarras, mon virement de couleurs et mes sourires nouilles à Vincent.

Il ne connaît pas encore notre Zinzin nationale et notre interdiction de l'approcher. Il me rend mes sourires et en partant me reprend la main. Doucement, délicatement, chaleureusement, pas innocemment ! Qui c'est la nouille qui a touché Vincent ? C'est bibi. Zinzin a tout capté.

— Elsa, je t'attends dans mon bureau demain matin !

Je m'en balance. Je suis rassurée, il y a 10 minutes, je croyais entendre des voix dans le couloir.

Je vais donc bien. *La bonne blague !* Terminator, Vincent, quelle classe il a avec son costume cravate !

À la fin de la journée, Vincent, Béa et moi décidons d'aller boire un verre en face du bureau, « histoire » de faire connaissance et de rire de cette coïncidence. Après tout, on ne se connaît pas encore vraiment. Les mots solidifient nos pensées. Il me déshabille du regard. Je fonds. Béa s'en va.

Son passé n'est pas joyeux. Il a survécu à l'abandon de sa mère, son père le frappait. Il a dû s'enfuir. Quel parcours ! Je bois ses paroles, son regard et son odeur m'enivrent.

— Tu m'as manqué.
— Toi aussi.

Pour trouver son bonheur, il faut en ch !

Chapitre 14

Zinzin fonce vers moi. De loin, j'ai l'impression que de la fumée sort de ses narines. *Elle va me bouffer, ma parole !* D'un signe de la tête, elle m'indique le chemin, pas d'ambiguïté possible, son bureau.

Juste avant, Béa m'a raconté, tout en sirotant notre café du matin, que Zinzin n'était pas à la fête. Son amant est de retour chez sa femme apparemment. Leur weekend en amoureux est tombé à l'eau. *Je vais faire office de punching-ball.*

Vincent m'a assuré qu'il me soutenait. Je peux compter sur lui. Hier soir, je lui ai expliqué les instructions de Zinzin le concernant.

Reste zen. Inspire, expire. Béa m'a conseillé de fixer la boîte cadeau, encore emballée, sur son bureau.

— Pour te détendre, ma poule. Essaye de lui expliquer. Rappelle-lui l'accident.

La boîte trône sur une pile de dossiers. Fermée. Des dessous coquins offerts par son amant. Elle est furieuse d'avoir été privée de son weekend à Monaco.

Béa attend derrière la porte, je sens son parfum, « Si, Si » d'Armani. C'est mon cadeau pour une femme qui sait ce qu'elle veut. Cette phrase de vente m'a directement convaincue, c'était pour elle !

Je m'assieds ou pas ? Je renifle l'haleine de Zinzin dans mon cou. *Maman, elle va me tuer ! Elle a dit « renvoyer » pas « tuer » !* Elle tourne autour de moi, comme un prédateur autour de sa proie. *Reste calme.* Je ne bouge pas.

— Assieds-toi ! me crie-t-elle dans les oreilles.

Elle veut me tuer à petit feu. Mon tympan droit est endommagé, tout s'emballe dans ma tête. Il faudra que je prenne rendez-vous chez l'ORL, en sortant. *Si je suis toujours vivante.* Je veux encore aller à Nerja, découvrir les villages dans les parages. Je vois ma vie défiler en une fraction de seconde. C'est donc vrai que ça arrive quand on est en…

— Danger.

Je laisse échapper ce mot à voix haute. Je m'assieds.

— Pour qui tu te prends, petite pute !

Elle est furieuse, elle hurle. Elle a perdu le contrôle. J'en prends pour mon grade.

— Après tout ce que j'ai fait pour toi ! Avec tes airs de sainte nitouche ! Je me suis trompée sur ton compte.

Non, mais je rêve ! Elle a fait quoi pour moi ? Je souris pour cacher ma peur, pour tenter de l'adoucir. Si je garde mon boulot, ce n'est quand même pas si mal. Même si je n'y crois pas trop.

— Madame Leboutier, je m'excuse, je ne savais pas, je… accident !
— Tais-toi ! Tu m'as trahie. Je n'ai qu'une parole.

Trahison, tout de suite les grands mots ! Faut pas pousser bobonne dans les orties, surtout quand elle n'a pas de culotte !

— Je ne savais pas, j'ai eu un … accident.
— Connerie ! Je ne veux plus te voir ici. Tu prends tes cliques et claques et tu te casses !

Je prends mes cliques avant qu'elle ne me donne ma claque. Cette conversation m'a secouée. Béa me serre dans ses bras. Je suis en pleurs.

— Je suis désolée, Béa.
— Comment tu vas faire, ma poulette ? Je vais t'aider pour ton CV.

J'ai besoin de digérer le choc. *Je l'aime cette fille.*

— Merci, je te tiens au courant. Je rentre, je réfléchis et je t'appelle.

Mon remède dans l'immédiat, m'enfermer dans ma bulle. L'ordonnance : un lit, un plateau télé et une bouteille de vin.

En fin de soirée, j'ai 9 *WhatsApp* de Béa, qui veut savoir comment je vais, 14 de Terminator, qui me dit qu'il m'aime et qu'il passe ce soir. Pourquoi pas ? Je n'ai pas tellement envie, mais comment lui dire non ? Sentir son odeur, sa peau, sa bouche qui me caresse. Allez, d'accord !

Pour trouver son bonheur, il faut en ch   !

Chapitre 15

En allumant sa cigarette d'après, Terminator me lance :

— Bébé, habitons ensemble. Mon appartement est assez grand pour nous deux. Je prendrai tout en charge.

Je lui propose de commencer par partir en week-end.

— Non.

Son non me choque.

— Soit tu viens pour toujours, soit tu ne viens pas du tout.

Il me tente, je fonds, quelle passion. Sa décision est prise. Il m'aime.

— Tu m'aimes ?
— Oui. Je t'aime.

Sa logique me séduit. Je cherche mon bonheur, l'homme de ma vie. Le projet Kleenex a été créé dans ce but.

— Poulette, attends un peu ! Tu as toute la vie devant toi. C'est trop beau pour être vrai.

Elle est définitivement jalouse.

Elle a à peine le temps de terminer sa phrase que j'ai emménagé chez Terminator. Tout content, il me montre son appartement avec fierté. Les pièces s'enfilent, on s'attarde dans la cuisine sur le fonctionnement du four, comment il se nettoie, les produits de nettoyage.

— Finalement, cette pièce est ton nouveau bureau, me sort-il, en rigolant.
— Oui, réponds-je, en l'embrassant. Je vais te préparer de bons petits plats, mon amour.

Sur ma liste : appeler Béa, organiser des cours de cuisine.

On s'attarde dans la chambre à coucher. Dans son armoire, il m'attribue deux planches en bas pour mes vêtements et pour mes chaussures, une planche dans l'armoire de l'entrée.

— Tu fais comme chez toi, mon bébé.
— Oui, merci. T'as vu mes affaires, j'adore les chaussures. Je vais voir demain comment me faire un plus de place. Ne t'inquiète pas.
— Bébé, c'est le moment idéal : nouveau départ, nouvelle garde-robe. Déshabille-toi ! me rétorque-t-il avec un clin d'œil.

Il s'allonge sur le lit, allume une cigarette et me regarde me dénuder devant lui. Je prends la première robe dans une de mes valises.

— Elle te plaît ?
— Non, ce n'est pas ton style, bébé.
— C'est quoi mon style, alors ?
— Celle d'une femme dynamique, qui me séduit. Pas une aguicheuse ou une pute, quoi.

Quoi lui aussi ? Une pute, décidément !

Une valise pleine étant partie à Emmaüs, une planche a suffi pour mes chaussures. J'ai eu du mal à me séparer de mes chaussures, mais que ne ferais-je pas pour lui plaire ? Tout le reste est accessoire. Je me concentre sur mon bonheur.

Notre principale activité est de plonger dans les draps encore mouillés de la nuit. Le weekend n'a pas d'heure, on abuse des livraisons à domicile. Notre temps est consacré à nous, personne d'autre n'existe. Comme deux animaux, nos odeurs se posent partout dans l'appartement.

Je prends mes marques. L'amour coule tranquillement. Je suis dans ma bulle. Quand il travaille, je me transforme en fée du logis. Pas question de faire d'autre repas que des omelettes, des soupes en tous genres et des purées. Je m'en sors pas mal et grâce aux plats à emporter, je sauve mon image.

Les mois passent. Béa prend de mes nouvelles de temps en temps. On se voit beaucoup moins.

— Ma poule, ça fait longtemps. Je suis contente d'entendre ta voix.

Son insistance me gonfle. Ça ne fait que quelques mois, elle ne va pas en mourir non plus. Elle tombe à pic aujourd'hui : Terminator, heureux et amoureux, a décidé de me présenter ses amis. Pendant que je suis en ligne avec Béa, il me dit :

— Vendredi soir, mes copains viennent manger à la maison. Tiens, voici cent euros pour les courses.

Pas de panique, il a dit quoi, là ?

— Quelle excellente idée, mon amour. Pour combien de personnes ?
— Dix.
— Dix quoi ? Personnes ? réponds-je, en essayant de ne pas suffoquer d'une crise d'angoisse.

Il me confirme. Ils seront bien dix, douze avec nous.

La vache ! Respire, Elsa.

Béa continue de me raconter les aventures de Zinzin, je ne parle pas. Elle s'interrompt.

— Tu m'écoutes, poulette ?
— Oui, oui.

Il est temps que je sollicite son aide.

— Tu pourrais m'apprendre quelques recettes de cuisine ?

Je lui explique le topo et l'invitation. Je l'invite aussi, du coup.

Le mercredi, elle finit début d'après-midi. Elle passe donc à l'appartement. Elle se bidonne :

— Au lieu de baiser comme des lapins, si on le mettait à cuire ce lapin ? Lapin à la moutarde, ça te dit ?

Je lui demande de m'apprendre quelques recettes phares que je ressortirais à chaque évènement. Tout y passe : le couscous, le poulet aux olives, le fameux lapin à la moutarde, et le gratin de courgettes. Notre secret, nos rencontres, nos recettes de cuisine. Notre complicité n'a pris aucune ride.

Pour la fameuse soirée de présentation avec les copains, on a joué simple et *safe* avec un spaghetti bolo. Le ton est donné. Béa m'explique que le vin rouge est essentiel dans la sauce. Elle me sert un verre. En bonne testeuse, je bois. Au passage, elle en met un peu dans la sauce, et se sert un verre à son tour. Le vin coupe l'acidité dans la sauce et nous détend.

Qui en a bu le plus, nous ou la sauce ? On ne le saura jamais ! Les invités ne se sont pas plaint. Ils ont adoré et les compliments ont chauffé mes oreilles. Terminator tire la tête. Je le rassure, je le bichonne, je plane.

Pour trouver son bonheur, il faut en ch   !

Chapitre 16

J'apprends vite. Grâce à Béa, mes progrès sont fulgurants. Dès qu'il s'agit de mon couple, elle est bizarre. Elle ne parvient pas à comprendre notre relation. Tant pis. Terminator pense qu'elle est jalouse. Je crois qu'il a raison. Après tout, elle n'a personne dans sa vie. *S'il savait.*

Mon homme se réveille et je lui fais son thé. Les pains sont au four. Aujourd'hui, je lui fais de nouveau ma fameuse recette du lapin à la moutarde. Il aime beaucoup. J'ai cuisiné ce plat pour la Saint-Valentin, l'année passée. Comme cadeau, j'ai reçu un déshabillé noir en dentelle. Quand on est bien, comme le temps passe vite. Deux ans déjà !

Je sers le thé à Terminator.

— Ce thé à un drôle de goût ! Bois !

Je déteste le thé. Je ne bois pas ce jus de chaussettes. Il le sait.

— Fais-m'en un autre.

Il est bizarre, ce matin. Il n'a pas l'air de bonne humeur. *Merdouille, ça sent le brûlé*. Le pain dans le four ! Il a changé de couleur, il est tout cramé, ce bon pain frais.

— Le thé et puis maintenant le pain ! Tu n'es bonne à rien, toi ! me lance-t-il, agacé.

Je suis priée de faire un bon repas ce soir. Je me prépare pour sortir. Il est inquiet et protecteur.

— Tu vas où ?

— Au marché et puis chez Béa.

En voyant sa tête, je devine ce qui va suivre :

— Tu la vois encore cette nana ? Elle n'est pas normale !

— Mon chou, Béa, c'est ma seule famille.

— C'est moi ta famille, maintenant.

Il n'insiste pas. Il part en me claquant les fesses. Je n'ai pas le temps de m'embêter avec tout cela, je dois partir au marché. Il tient absolument à avoir des fruits et des légumes frais. Je vais lui préparer ce plat avec beaucoup d'amour, cela va le déstresser.

En ce moment, il a des soucis au boulot. Mais on a comme règle de ne pas parler travail ensemble, et surtout pas de Zinzin. J'en conclus qu'il est contrarié. Travailler avec Zinzin n'est pas de la tarte. J'en sais quelque chose.

Ce matin, il trouvait le thé infect. Je n'ai pourtant rien changé. L'autre soir, j'ai cuisiné un poulet aux légumes. Il a tout jeté et s'est préparé son repas sans m'adresser la parole.

En général, à 18 heures, on mange ensemble, selon un planning bien établi. Ensuite, il regarde ses news.

Ce soir-là, je me suis réfugiée dans la chambre pendant son journal et j'ai appelé Béa. Il n'a pas aimé de m'entendre rire. J'ai raconté une grosse connerie pour éviter une dispute du soir.

— Je ne comprends pas ce que tu trouves toujours à dire à Béa !
— Son chat est malade.

Comme si je l'appelais pour elle et pas pour moi !

— Fais attention à cette fille, ma puce. Elle n'a personne, elle vit sa vie à travers la tienne.

Oui, Béa est seule, mais loin d'être désespérée. *Je ne lui ai pas tout dit.*

— Elle est sûrement encore plus jalouse de ta vie maintenant.

Peut-être qu'il a raison. Béa est moins présente dans ma vie, on se voit moins. Je fais toujours attention quand on se parle, c'est moins spontané.

— Tu l'aimes, ma poulette ?
— Bien sûr que oui, réponds-je, agacée.
— Et lui, il t'aime ?
— Mais c'est quoi ces questions ? Évidemment, qu'il m'aime. Il me protège, fait attention à moi. Il est gentil. J'apprends un tas de choses avec lui.

Elle travaille avec Vincent. Elle côtoie une autre version de lui. Je me contente de ma version. *De quoi elle se mêle, aussi ?*

Un homme qui t'aime te propose de faire les courses pour toi, parce qu'il va pleuvoir. C'est bien une preuve. Parfois il est rude, brutal dans ses paroles, c'est normal aussi, il n'a pas été suffisamment aimé quand il était enfant. Je lui pardonne.

Un matin, avant de partir, il me prend sauvagement. Il n'est pas vraiment dans la grâce, la subtilité ni le romantisme, ce jour-là. Il m'enfonce, comme il dit. D'habitude, j'aime quand il me parle de cette façon crue. Cette fois-ci, son regard a un je-ne-sais-quoi qui me dérange. D'habitude, il sait où mettre ses mains pour me mettre dans tous mes états. Ici, il se relève une fois sa mission accomplie, comme un guerrier qui a gagné la bataille, et me laisse sur le lit. Pas d'orgasme, pas de nectar de bonheur, je n'ai pas joui, il n'y a que son plaisir qui a compté. Pas grave ! Je ferme les yeux pour cette fois.

Je sors de la salle de bain. *Tiens, il est encore là !* Je mets ma belle robe rouge, j'ai envie. J'ai rendez-vous en ville avec Béa.

— C'est quoi cette robe rouge ?

Toute contente, je fais un tour sur moi-même pour lui montrer la robe.

— Tu aimes ? Je l'ai acheté l'année dernière, avec Béa.
— Non, t'es moche. Tu as grossi !

Je suis estomaquée par sa remarque. Il claque la porte.

Je me change, jeans, baskets. Je mets de la musique pour oublier. Il n'a jamais aimé me voir danser. Mettre la musique à fond la caisse, n'en parlons même pas ! Il a les tympans fragiles. Sur les notes de Beyoncé, j'arrive devant le miroir de l'entrée. J'ai grossi. J'éteins la musique.

Je descends faire les courses. Spaghetti bolo ce soir : je prends les pâtes, la sauce tomate, le vin, la viande hachée. Je passe devant le pot Nutella, il m'appelle.

Trente minutes plus tard, je me retrouve devant le miroir, avec les armes du crime en main, le pot de Nutella et la cuillère. Je pleure, le pot est vide. J'appelle Béa et lui dis que je ne viendrai pas. Je cherche une excuse, j'ai mal au ventre. *Après le pot de Nutella, c'est logique aussi !*

— Je ne suis pas en forme, j'ai mal au ventre. On se voit une autre fois ma Béa ? Excuse-moi.
— Ma poulette, c'est dommage. Tu veux que je vienne ?

J'ai envie, mais je sais que Terminator ne va pas aimer. À contrecœur je réponds :

— Non, ma Béa, ça va aller. Je vais aller dormir, ça me fera du bien.

Je m'endors avec ton gilet dans les bras, mon Papinou.

Il revient le soir et se fait pardonner. Mais il ne s'excuse pas, ce n'est pas son style. Il m'a acheté une robe au marché pendant sa pause déjeuner, et il est revenu avec des courses pour la maison. Il regrette son comportement et ses mots, j'en suis sûre. Je m'empresse d'essayer la robe.

— Magnifique ! s'écrie-t-il, très satisfait de son achat.

La robe est trop longue, trop large, les fleurs sont nulles et les couleurs horribles.

— Tu crois ? réponds-je, timidement.

— Ma puce, regarde comme tu es belle. Tu peux mettre une belle ceinture pour t'affiner la taille.

Devant un tel enthousiasme, je ne peux pas résister. Puis mon goût vestimentaire a toujours été critiqué, depuis ma plus tendre enfance.

J'acquiesce, il a raison. Je l'aime.

Pour trouver son bonheur, il faut en ch   !

Chapitre 17

Tout me boudine. J'ai besoin d'air.

La porte de l'appartement est fermée à clef. Je retourne tous les tiroirs, les endroits où je pense être allée, mes poches, mes sacs. Pas de clefs !

J'envoie un *WhatsApp* à Vincent : « Je ne trouve pas mes clefs. Tu les as vues ce matin ? » Pas de réponse, je veux sortir. J'attends une heure, trois heures, toujours pas de réponse. J'appelle. Messagerie.

À 16 heures, il daigne m'appeler. Je suis contrariée.

— Que veux-tu ? Je travaille !

— Je ne trouve pas mes clefs ! Tu les as sûrement prises ce matin.

— Range tes affaires ! C'est facile de rejeter la faute sur moi.

Il raccroche et me laisse sans voix et sans clefs. Je suis bordélique, tout le monde le sait, mais pas à ce point. Heureusement, j'ai tout ce qu'il faut à la maison pour préparer le repas du soir.

18 heures : le repas est prêt, je vais me rattraper. Une voix douce, d'excuse.

21 heures : je me suis endormie sur le canapé et il n'est pas rentré. Aucun message pour me prévenir. J'envoie un texto. J'appelle. Rien. Toujours pas de réponse.

22 h 30 : je vais me coucher. Il n'a qu'à réchauffer le plat.

Je sursaute, je suis secouée. Je souris, soulagée de le voir. Je jette un œil au réveil. 3 heures du matin !

— Viens ! m'ordonne-t-il.
— Mais où ? Je veux dormir.
— Réchauffe-moi le repas, dit-il en m'embrassant, comme il sait si bien le faire.

Il n'est plus fâché. Soulagée, je me lève. *Comment résister à ça ?* Je ne sais pas si le repas est chaud, mais moi oui. Mon kiki est en chou-fleur ! Vite, j'enfile mon négligé noir et me rends à la cuisine, où il m'attend. Tant qu'à faire, autant que je le chauffe lui aussi.

Il mange en me dévisageant. Trop occupé à me regarder, il n'a pas de réclamation sur le repas. Ensuite, il m'attrape par la taille et met sa main sur ma poitrine. Il m'embrasse dans le cou. Ma respiration se fait haletante. Il m'attire dans la chambre et me pousse sur le lit. Je me laisse faire. Il s'arrête.

— Viens, lui dis-je, en l'incitant à se coucher sur moi.
— Non, j'arrête ! Dis mon nom !
— Vincent ?
— Suce-moi, fais-toi pardonner !

Avant même que je puisse dire un mot, il s'enfonce dans ma bouche. *Je dois me faire pardonner. Au diable la raison !* J'oublie tout. Mon corps s'élève dans les airs. Une terrible chaleur entre en moi et se diffuse dans tout mon corps, j'en tremble.

—Oui, oui, ouuiiiiiiiiiiiii Vincent !

Il allume sa cigarette d'après.

— Tu ne bouges plus comme avant ! Ça doit être tes kilos en trop.

— Ah bon, tu trouves ? T'as pas aimé ?

— C'est pour ton bien, ma puce. Et puis, c'est quoi cette histoire de clefs ? Tu les as retrouvées ?

Secouée par sa première remarque, j'avais complètement oublié cette histoire de clefs. Il se lève, va dans le hall d'entrée et revient avec la clef de l'appartement.

— Elle était où ?

— Dans le pot, sur la commode, ma puce.

Je pleure, je perds la tête. Il me laisse seule face à mes larmes.

5 heures du matin, il revient dans la chambre. Je n'arrive pas à dormir. Il se rhabille.

— Tu pars ?

— Un ami a un gros problème, je vais l'aider.

Sans force pour protester, je me retourne avec mon cafard comme compagnon de nuit. Il me reproche d'être trop sensible. C'est un homme bien, il est là pour aider ses amis.

Toute la semaine je suis groggy. Il rentre tard, me réveille en pleine nuit. Je dois lui faire à manger et le satisfaire. Une routine de nuit s'installe. Je m'allonge à ses côtés, je m'exécute. Il ne veut pas être seul. Il n'a pas eu de famille. C'est moi maintenant, sa famille. Et il repart. Je ne demande plus rien, je suis assommée.

J'appelle Béa. Je lui raconte. Elle n'a jamais eu sa langue dans sa poche.

— La claque, il la veut maintenant ou plus tard ? Mais pour qui il se prend ? Enfin, poulette ! Ce n'est pas de l'amour, ton histoire !
— Je l'aime, je l'ai dans la peau, Béa, lui dis-je en pleurant. Tu ne peux pas comprendre.
— Si c'est ce que tu veux. Mais fais attention à toi, ma poulette. Je dois y aller, j'ai une réunion avec Zinzin.

Mais je ne révèle pas tout à Béa. L'histoire du thé le matin continue. Il prétend maintenant que je veux l'empoisonner. Il pense que c'est pour ça que je n'en bois pas. J'ai beau lui dire que je n'aime pas le thé, il ne me croit pas. Je suis effondrée.

Un soir, il rentre exceptionnellement à 18 heures. Il remarque que je fais des efforts, que tout est propre. J'ai passé la journée à nettoyer.

— Tu as oublié le four à micro-ondes. Tu es incapable de faire une chose correctement !

Il hurle sur moi pour un simple oubli. Je suis déconcertée, je m'excuse. Je pleure. J'ai oublié, il a raison. J'essaye de diminuer la tension, je m'allonge. J'ai mal. Je ne peux pas vivre sans lui. S'il me quitte, je me tue ! Mais non, quelle idée, il m'aime !

À sa façon sûrement. Patience et compréhension.

Chapitre 18

Le jour de nos deux ans, mon cœur a explosé. Béa m'a souvent rappelé cette histoire. Moi, je veux juste l'oublier. Pour lui, ce n'était qu'une blague.

Ce jour-là, je me réveille de bonne humeur.

— Ce soir, on mange ensemble, mon amour ?

Je lui demande pour être sûre qu'il arrive à l'heure, qu'il puisse s'échapper de ses réunions, ou autre. Mais il n'aime pas quand je le questionne sur son emploi du temps,

— Pourquoi ?

Ma voix est la plus douce, la plus sucrée et la plus gentille possible pour l'attendrir.

— Ce sont nos deux ans, mon amour.
— Nos deux ans de quoi ?
— Nos deux ans ensemble !
— Deux ans que je te baise !

Il ne voit pas l'utilité d'en faire une fête. Il file prendre sa douche. Je suis pétrifiée, mes pieds ont pris racine dans la moquette. Quand il vient s'habiller, je suis toujours à la même place. Mon corps est en miettes. Je reprends mes esprits en entendant la porte d'entrée claquer.

Pendant la journée, il ne répond pas à mes appels. Il rentre tard dans la nuit, comme un prince. Une cassure se produit alors, mais je ne le sais pas encore. Je réalise que je ne suis pas à ma place. Mais où-elle ma place, alors ?

Cependant, le processus de démolition n'est pas encore achevé. Cette fois, c'est son anniversaire. Je vais faire encore plus d'efforts, apprendre encore, éviter les disputes, l'aimer comme jamais il n'a été aimé. Je suis dans ce moule. Je le sauve, il me sauve. Je l'aide, il m'aide. Je veux mettre la patate, faire la totale pour le célébrer lui, le mettre dans la lumière.

— Et si on faisait une petite fête avec tes amis pour ton anniversaire ?
— Non, je suis crevé. Je n'ai pas trop envie de me lancer dans cette organisation, mon bébé.
— Tu n'auras rien à faire. J'organise tout : à manger, les invitations. Tu rentres à la maison et tout est prêt.

Un sourire timide apparaît, il consent. Ce sera aussi une bonne occasion de lui montrer mes progrès en cuisine. Je souhaite conquérir mon homme, encore et toujours, le charmer, le sensibiliser. C'est bien connu qu'un homme reste avec une femme quand elle sait bien cuisiner.

J'en profite pour inviter Béa, même s'ils ne s'apprécient toujours pas. Je comprends pourquoi, mais je me tais.

Il n'a jamais fêté son anniversaire, alors je veux marquer le coup. Le menu du jour sera son plat préféré, le lapin à la moutarde. Je me lève tôt pour aller chercher le lapin chez le volailler, de l'autre côté de la ville. La qualité des produits est essentielle pour ta recette, m'a appris Béa. En plus, lui ne veut que du frais, alors, je n'hésite pas. Je le fais mijoter tout l'après-midi avec des carottes, des champignons, du persil, de l'ail et de la crème fraiche. La recette de Béa est à tomber.

En rentrant du boulot, il est surpris de voir que tout est décoré dans l'appartement et que la table est mise.

— Tu as acheté du whisky ?

Il est trop pudique pour me dire merci. Je le devine.

— Non, je n'y ai pas pensé.
— Tu ne penses jamais à rien ! Je vais y aller.

Il me voit touiller dans la casserole. Il goûte. Je le regarde avec des yeux pétillants, m'attendant à recevoir un compliment.

— Il manque des épices, bébé !

J'encaisse.

— Merci.
— Heureusement que je suis là, sinon ton plat serait raté.

J'ose penser qu'il exagère un peu. Je rajoute les épices. Je veux lui plaire, je suis à lui. Comme dans mes livres où la passion prend le dessus, où l'amour gagne envers et contre tout. Il faut souffrir pour le mériter.

Je me prépare pour recevoir nos invités. Je mets le négligé noir en-dessous d'une robe toute simple. Le programme est qu'il me déballe en fin de soirée, l'emballage étant la robe et la liqueur, mon négligé, comme si j'étais un « mon Chéri ».

Les invités arrivent, je sors de ma chambre, excitée. Je croise en premier les yeux de Béa, elle me déshabille du regard. Ça me déstabilise, j'en ai des frissons.

— Dis donc, mon vieux, ta femme est superbe !

L'ami de Vincent me ramène sur Terre avec sa remarque. Vincent ne dit rien, pas un son.

La soirée se déroule sympathiquement. On me complimente sur mon repas, un peu épicé, mais très bon. Vincent rappelle qu'il y a mis son grain de sel pour arriver à cette réussite.

Je ris beaucoup avec Béa et l'ami de Vincent qui se trouve à côté de moi. Vincent, en face, nous observe. Je sens bien qu'il veut me dire quelque chose. Je lui souris et l'interroge du regard. Rien.

Cet anniversaire arrosé et célébré chaleureusement se termine. Je raccompagne les amis, leur dis au revoir et les remercie de leur présence. Vincent ferme la porte avec empressement sur le dernier ami, et me tire dans la chambre. Mon coup a réussi, je l'excite à ce point, il m'aime et veut me le montrer.

Sa main claque sur ma joue. Les gifles se multiplient et deviennent des boulets qui s'abattent dans mon ventre. Il crie, je m'écroule dans la salle de bain. Ses pieds me cognent. Il se déchaîne. Je n'entends pas ce qu'il me dit. Les coups pleuvent sur ma tête. Je sens un liquide chaud qui coule sur ma joue, je ne vois plus où il est. J'ai mal, je roule en boule. Je ne réalise pas, je ne veux pas comprendre. Je pleure.

— Petite pute, il faut que tu chauffes tout le monde dans cette robe !
— Vincent, c'est pour toi, réponds-je en gémissant de douleur.
— Arrête de nier, je t'ai vu rigoler avec eux !

Il me jette sur le lit et me pénètre, sans même avoir vu mon déshabillé. Je me laisse faire, je suis à lui.

— Tu me gonfles. J'en ai marre de toi !
— Non, Vincent, excuse-moi ! Je ne le ferai plus.

Je ne veux pas le perdre, je ne peux pas vivre sans lui. Ne me quitte pas ! Je me jette à ses pieds en pleurs. Je l'aime. Il est tout pour moi.

— Laisse-moi ! crie-t-il, en me repoussant avec ses pieds.

Il se rhabille et s'en va. Il nous abandonne sur le carrelage, moi, mon visage couvert de rimmel et de rouge, mes cheveux en bataille et ma culotte.

Épuisée, je n'ai plus la force de ranger, je laisse tout pour plus tard. J'arrive à peine à me relever. J'ai très mal. Je l'appelle, lui envoie des *WhatsApp*, je m'excuse encore, je le supplie. Pas de réponse.

J'attrape juste les bouteilles de vin et surtout le whisky sur la table. Je m'allonge dans le fauteuil du salon. Je n'ose pas prévenir Béa. Je prends dans mes bras mon seul soutien, toi mon Papinou, ton gilet. Je bois, me calme et tombe.

Il fait chaud. Cette chaleur me rassure et me réconforte. Il n'y a personne autour de moi, juste des nuages sur lesquels je marche. Je me laisse aller, je suis libre, je vole. Je suis seule avec moi-même, il n'y a pas de bruit. Ah si, de grands coups résonnent au loin. Mais je ne vois rien.

J'entends des cris, des sifflements, et ces coups recommencent. Ils me téléportent dans une autre dimension.

J'ouvre les yeux. Une migraine me fait plisser les yeux, presque les refermer. J'étais mieux dans l'autre monde. Je tousse, tout est blanc et les bruits s'intensifient rapidement. Je sens mon portable vibrer, je décroche.

— Ma poulette, sors immédiatement de l'appartement, il y a le feu ! Sors ! Tu m'entends ?
— Je n'ai pas le temps, je fais un beau rêve, ma Béa. On se rappelle.

Je raccroche et je me rallonge. *Où j'en étais ?* Cette fois, je sens qu'on me redresse.

— Madame, venez avec moi, il faut partir.

Un cosmonaute me kidnappe. Il me porte dans ses bras. Ils sont deux. J'ai la migraine, mal aux yeux, mal au ventre, je suis cassée. *Ils me prennent sûrement pour me réparer !*

— Mon gilet, mon Papinou ! Je veux mon gilet.

— On n'a plus le temps, madame.

Derrière lui, je vois des mains et des bras qui s'agitent. Je crois reconnaître Béa. Quel drôle de rêve !

— Béa ?
— Viens, ma poulette, viens.
— Tu es aussi chez Dieu. Tu es mon ange.

Béa m'embrasse, me serre fort dans ses bras. Je sens le brûlé.

— Allonge-toi sur le lit. Je viens avec toi. On va aux urgences, ma poule. Ça va aller.

Je fonds en larmes.

Pour trouver son bonheur, il faut en ch   !

Chapitre 19

Cette fois, pour la première fois, je n'ai rien aimé.

Cette fois, pour la première fois, je suis honteuse.

Cette fois-là, pour la première fois, je suis salie.

Je me réveille à l'hôpital.

— Le gilet de Papinou, il est où ?

Béa a posé sa tête le long de ma cuisse, ma main dans sa main. Une infirmière me sourit. Elle a entendu ma question.

— Vous revenez de loin, mademoiselle.

Béa se réveille et me sourit aussi.

— De loin ? Je ne comprends pas.

— Tu ne te souviens de rien ?

— Vincent, où est-il ?

— Il ne vient pas pour le moment, ordonnance du docteur, me dit Béa.

Je ne me rappelle rien. Béa me donne un miroir de poche. Je suis fracassée. Vincent m'a détruite. Je suis tombée en syncope après ma cuite. Je ne me suis pas rendu compte qu'il y avait le feu dans la cuisine.

— Le feu ? Vincent ? Ça te dit quelque chose ?

Vincent est en détention pour coups et blessures ainsi que non-assistance à personne en danger. Je suis complètement submergée par mes émotions, tiraillée entre la culpabilité, la tristesse et de la déception. Je vais devoir faire une thérapie. Béa me détaille le bilan des docteurs. Elle me soutient dans cette épreuve.

— Comment te sens-tu, ma poulette ?

— Je suis sonnée.

— Je me doute, ma poule.

J'ai involontairement mis le feu à l'appartement, paraît-il. Un accident, qu'on me dit.

Je comprends enfin que je me laisse trop influencer, que je ne sais pas poser mes limites. Béa n'a pas arrêté pas de me dire que Vincent n'avait rien de bon pour moi, qu'il apportait la poisse.

Tout ce qui m'intéresse aujourd'hui, c'est toi mon Papinou. Je t'ai perdu une deuxième fois. Je suis inconsolable. Béa fait tout pour m'égayer.

— Poulette, comment vas-tu, ce matin ?
— Bof.
— J'ai une idée géniale. Je suis très contente de moi, s'exclame-t-elle au téléphone. J'ai hâte de venir te l'annoncer cet après-midi.

Je n'ai aucune réaction, la douleur m'a anesthésiée, mon chagrin ne s'efface pas si facilement. Je suis toujours en état de choc.

Je me rétablis de mes blessures externes, mais je dois encore réparer les blessures internes, celles que les autres ne voient pas. Sauf Béa. Elle connait mes fêlures et mes joies. Elles me brûlent et me rongent de l'intérieur.

Toutes ces questions du psy me fatiguent. Il me dit d'essayer d'imaginer à quoi ressemblerait ma vie si tous mes souhaits étaient exaucés.

— Comment voulez-vous que j'imagine ça ? Je ne sais même pas ce que sont mes rêves. Vous me foutez la trouille avec vos questions à la con ! Je me casse.

Ma première séance a été brève. Cette thérapie me bouscule, mais au moins, on ne me raconte pas d'histoires. L'amour, mon avenir et mes rêves les plus fous, tout y passe.

De retour de ma séance, c'est l'heure du repas. Il est loin le temps de nos *lunchs* avec Zinzin. Je regrette cette époque, ce temps passé main dans la main. Moi et mes recherches du bonheur. Je ne sais même plus comment je m'appelle. Je veux effacer toutes ces années, quelle perte de temps ! Le psy me dit que je dois me pardonner, accepter les choses et avancer vers l'avenir. *C'est pas demain la veille !*

Je pense à Vincent, mon cœur ne peut l'oublier. Je ne peux plus l'aimer et une force en moi ne peut accepter cette idée. Que du sang et des larmes entre nous.

Béa arrive, c'est une illumination. Son aura me pique les yeux tellement elle est belle.

— Ma poule, tiens-toi bien. J'ai une idée démente. Les toubibs sont d'accord.

— Vas-y accouche ! réponds-je en souriant.
— On part en Espagne, à Nerja !

Nerja mon nirvana. Pour me remettre en forme, le soleil est aussi important. Elle a tout planifié. *Comme d'hab*.

— Ton psy a un confrère qui vient de s'installer à Malaga. Un Belge.

L'idée me tente.

Pour trouver son bonheur, il faut en ch   !

Chapitre 20

Valise faite, les autorisations des médecins en poche, ma Béa vient me chercher le lendemain matin. Je suis ravie de me retrouver à Nerja avec elle.

Nous n'avons rien perdu de nos traditions à l'aéroport : la petite bougie verte chez Rituals, les biscottes à l'oignon, c'est parti pour le voyage « remise sur les rails ». Objectif : me reconstruire, me refaire une santé. Je me laisse bercer dans l'avion et je continue ma sieste dans la voiture de location. La bonne odeur des fleurs et de l'herbe fraîchement coupée me réveille.

— Ma princesse poulette est réveillée ? On est arrivées.

Le paradis existe : ma résidence préférée, chez Juan. Au loin, je vois la mer, et Pepe et ses délicieuses paellas. Une jouissance monte dans mon corps et une chaleur me traverse. Jamais je n'ai ressenti cette sensation. *Enfin presque jamais !*

Béa revient sur la terrasse. Elle a appelé le psy et pris rendez-vous.

— Tout est arrangé, ma poule, m'annonce-t-elle, en me secouant les cuisses de bonheur.

J'ai entrevu un moment de bonheur !

Lundi, je commence les thérapies de groupe, et la thérapie individuelle sous forme d'atelier créatif.

— Tu en as pour trois semaines de thérapie.
— Trois semaines ?
— Oui, et après, on passe une semaine toutes les deux, poulette. On va se régaler !
— Et Vincent ?

Béa n'a jamais approuvé ma relation avec Vincent, qu'elle a toujours trouvé toxique. Elle n'a qu'une envie, qu'il sorte de ma vie. Il est responsable de mon état.

— Ma poule, ce n'est pas de l'amour ! Il te ridiculise, t'humilie et flirte avec tout le monde.

Je la laisse parler. Il me manque quand même. C'est incompréhensible, j'en ai conscience. Je ne suis pas parvenue à l'expliquer à Jean-Claude, mon psy de Malaga. Il est sympa. Il a de l'humour et arrive à me faire rigoler. Je ne me braque pas ou plus.

À notre arrivée, Béa m'a confisqué mon portable. Après 15 jours, je le récupère. Béa a confiance en moi ou a abandonné la bataille, je ne sais même plus.

— Fais ce que tu veux, mais donne-toi au moins le temps de te remettre de tes émotions, ma poulette.

Quelques *WhatsApp* et appels manqués. Vincent est sorti de détention. Il m'aime. Il est désolé. Il veut venir me chercher. Je lui réponds que ce n'est pas la peine, je ne suis pas à l'hôpital, mais en Italie, dans une clinique privée. C'est sorti comme ça, par protection on ne sait jamais ! J'évite de dire que je suis avec Béa. Il m'appelle.

— Tu me manques, bébé.
— Je dois me reposer, ordre du docteur. J'ai eu un choc post-traumatique.
— Quand reviens-tu ?

— Je t'appelle plus tard.
— Attends !

Je lui ai raccroché au nez ! Ça m'a fait un bien fou, c'est marrant. Jamais je n'aurais imaginé faire ça un jour. Béa arrive avec un *Tinto de Verano*. J'adore.

Le soleil et la mer pansent mes blessures et ma tristesse. Je recharge mes batteries.

Ma thérapie se poursuit avec les séances créatives. Curieuse de nature, je me prête au jeu.

Le thérapeute me donne de la terre glaise et me dit d'en faire ce que je veux avec mes mains. Cinq minutes passent et mes mains n'ont toujours rien créé. C'est long cinq minutes à regarder un bout de glaise et mon psy qui me tourne le dos. Je me cale sur ma chaise, j'essaye et je transforme enfin ce petit bout de terre en quelque chose qui me fait pleurer. Un petit être avec un grand serpent autour de sa gorge.

Les 15 minutes sont écoulées. Je me lave les mains, la terre glaise s'écoule dans l'évier et soudain, ce n'est plus de la terre que je vois, mais du sang. Je tombe. Je reçois une claque. Béa est au-dessus de moi, elle me regarde, affolée.

— Ça va ? Comment tu t'appelles, ma poule ?
— Elsa. Enfin, tu le sais bien !
— Tu as perdu connaissance, Elsa ?
— Ça doit être la chaleur.

Je vois la forme avec le gros serpent autour du cou qui l'étrangle. Jean-Claude me regarde et fait signe à Béa de me m'aider à me lever.

— Demain est un autre jour, me dit-il, rassurant.

Mes sessions créatives se poursuivent avec la confection de petites statues. Pendant ce temps, il me pose beaucoup de questions. Il analyse tout ça à travers mes remarquables chefs-d'œuvre. Je suis moins perturbée, au contraire, il m'inspire, je réfléchis.

Béa colle des phrases d'affirmation partout dans l'appartement. Aujourd'hui, elle a mis dans la salle de bain : « je suis belle, je suis forte et je suis intelligente ». Je dois les lire à haute voix, dynamiquement et en étant convaincante. *Bof, pas encore très convaincant. Pas grave, on réessaiera demain.*

Entretemps, les coups de téléphone et les *WhatsApp* de Vincent ne cessent pas. Il est seul, il m'aime, il pleure. Il menace de se suicider si je ne reviens pas. Il me manque aussi, un peu, peut-être.

— Vincent, oui je t'aime aussi, lui réponds-je en pleurant. Ne t'inquiète pas. Je me soigne.

Je mens. Je n'en sais rien si je l'aime, en fait. Je le rassure. Pour la centième fois, j'entends les mêmes phrases. Il pleure.

— Je suis désolé, c'est ma faute tout ça. Je ne veux pas te perdre. Je vais veiller sur toi. Donne-moi une deuxième chance, bébé.
— Je ne sais pas encore, Vincent.
— Je te pardonne, mon bébé.

Il me pardonne quoi ? D'avoir foutu le feu à son appart ? Aucune idée !

Béa m'a conseillé de le rassurer. On ne sait jamais de quoi il est capable.

— Vincent, s'il te plaît, arrête de m'envoyer des messages à tout bout de champ. Je dois me reposer, a dit le docteur.
— Quand rentres-tu ?
— Je ne sais pas encore.

Je m'offre de l'air, comme m'a dit si amicalement mon thérapeute. Je respire enfin.

Les jours et semaines défilent selon les aléas de mes thérapies. Béa s'agace de plus en plus de me voir encore touchée par les messages et les photos de Vincent. L'éventualité que je retourne chez lui l'horripile. On en parle, je lui explique que je l'aime, qu'il m'aime, qu'on peut faire des erreurs, j'en fais et il en a fait. Je réfléchis. Elle se calme pour un temps, elle me surveille du coin de l'œil, elle attend aussi et espère toujours.

D'après elle, le bonheur c'est de savourer ce qui nous entoure, de sentir la chaleur sur sa peau.

— Respire, apprécie les fleurs que tu regardes, sens-les ! Regarde cette plante par exemple, elle soigne l'acné. Ou celle-là avec ses fleurs orangées, c'est un super poison !

On n'est pas sur la même longueur d'onde. De quoi elle me parle ? De fleurs ? Alors que je suis en plein délire avec Vincent ! Juste pour me dire que mon bonheur, c'est peut-être aussi apprécier le moment. Savourer et rire. Parce que j'ai envie de rire, peut-être ? Et savourer quoi ? Cette souffrance qui me déchire ?

On s'accorde une trêve, une soirée à deux.

— Allez viens, on va au spectacle de flamenco.

Elle sait que j'adore cette danse, cette énergie dans les pieds qui martèlent le sol, ces cris, ces chants. L'harmonie entre la musique, le chant et la danse. C'est sublime ! Je suis trop contente. *Ah, tiens du bonheur !*

— Merci, Béa. C'est très sympa de ta part. Je suis désolée de t'emmerder avec mes histoires.

— T'inquiète, ma poulette !

Pour ne pas la blesser davantage, pour ne pas la faire enrager encore plus et la contredire par principe, je laisse le téléphone en silencieux. Je jette un coup d'œil discret et sans grand étonnement, je vois que les appels manqués se succèdent ainsi que les messages.

Vincent va encore un peu plus loin, j'ai des messages vocaux sur lesquels il pleure. Il m'envoie des photos du nouvel appartement, des fleurs à mon intention. Du coup, je m'amuse à écrire dans ma tête un super roman-photo, enfin juste les titres : « Vincent mange, seul », « Vincent est fâché, je ne réponds pas », « Vincent boit un verre de whisky », « Vincent à la barbe de 4 jours », « Vincent pleure » ...

Enfin, on se parle au téléphone :

— Ma puce, si on recommençait tout, mais en mieux ? Je m'occupe de toi, je te bichonne.

— Laisse-moi réfléchir.

— Mais combien de temps encore ? Je veux qu'on se marie. Je veux fonder une famille avec toi. Vivre sans toi m'est impensable.

Béa voit ma tête qui change.

— Je te rappelle.

Je raccroche net, sinon on est reparti pour une demi-heure.

— C'était Vincent.

— Qu'est-ce qu'il veut encore ?

— Il m'aime. Il veut à tout prix se marier et fonder une famille avec moi.

— Mais bien sûr. La claque, il la veut maintenant ?

— Il veut se marier. Regarde, il met des cœurs partout dans ses textos. Et cette photo avec des pétales de roses sur le lit. C'est romantique !

— Tu ne vas pas te marier ? Tu rigoles ? Tu te fous de ma gueule ?

Je n'ai pas envie d'en parler avec elle. Je ne sais pas encore ce que je veux. Je dois aller à ma séance, marcher seule me fera du bien.

Ce n'est pas si simple. On parle énormément avec Vincent. Il a compris beaucoup de choses. Notre séparation nous fait du bien et il a muri. Moi aussi. Je vois les choses différemment. Je me sens bien, ici.

Ma dernière statue est en forme de soleil, avec une tête sur un corps de femme en lotus.

Je l'ai faite simplement et en douceur, presque naturellement. Mon psy est très enthousiaste par rapport à mon amélioration. *D'artiste ? J'en doute.*

Nos discussions sont devenues plus profondes avec le temps, plus intimes. Que représente Vincent pour moi ? Et Béa ? Et mes parents ? Il a réussi à me faire réfléchir sur plein de choses. Ma tête va éclater.

Je me pose, je considère.

Chapitre 21

— Comment tu peux encore y penser, ma poule ? Tu ne vas pas tomber dans son piège ?

— Une deuxième chance, c'est possible !

— C'est un connard ce mec, mets fin à cette relation toxique. Tu m'entends, toxique ! me répète-t-elle.

Elle crie. Béa qui crie, ça n'arrive pratiquement jamais. Je l'ai touchée. Elle est toute rouge, son visage est tout gonflé. Elle explose.

Mes séances de thérapies sont terminées. Notre dernière semaine vient de commencer. Je lui tends un verre de *Tinto de Verano*, et sans comprendre, je me retrouve avec un verre de whisky à la main. *Alors que je déteste ça !*

— Comment tu en sais autant sur les relations toxiques ?
— Parce que quand tu m'as rencontrée dans l'avion, la première fois, je venais de mettre fin à une relation toxique comme la tienne aujourd'hui. Je me suis enfuie, j'ai dû recommencer ma vie ailleurs.

Je m'aperçois que cette partie-là de la vie de Béa, je ne la connais pas. Je ne lui ai jamais demandé. On parle beaucoup de moi, de mes problèmes, de mes questions existentielles, mais jamais de Béa.

Je l'écoute me raconter sa fuite. Elle a tout laissé dans son appartement, toutes ses affaires, tous ses souvenirs. C'est *pour cela qu'elle a toujours son sac à dos avec elle ?*

— Ce genre d'individus, m'explique-t-elle, t'enrobent dans leur merde, ça colle et tu ne te vois pas couler. Tu te meurs ! Ils ont beau s'excuser, ils ne changent jamais. Ils sont malades. Ils sucent ton âme, ton sang, ton énergie et ta joie de vie.

Mais qui ai-je devant moi ? Je tombe des nues. Je n'ose pas respirer de peur de l'interrompre. Je me confie à elle depuis des années et c'est seulement maintenant qu'elle me dit cette vérité.

— Et pourquoi tu ne me racontes cette histoire que maintenant ? Ça fait dix ans que l'on se connait !
— Ma poule, je t'aime. Je souhaite oublier cette partie de ma vie.
— T'en as d'autres des comme ça ?

Puis, qu'est-ce qu'elle en sait que pour Vincent et moi c'est comme dans son récit. Je ne lui ai rien demandé, moi ! Elle m'en veut encore pour notre fameuse nuit. Elle est jalouse, Vincent a raison ! Sa confession ne me calme pas et ne me convainc pas non plus. Au contraire !

— Cette histoire n'en valait pas la peine, mais puisque tu vis le même genre de choses, j'espérais que cela pourrait t'aider.

Je me sens trahie, j'ai comme un arrière-goût de brûlé en bouche. *Laisse-moi tranquille !*

— Ton passé n'est pas mon présent. On arrête là !

Je suis choquée de cet aveu. La confiance est une valeur qui est très importante à mes yeux. Je repense à toutes mes discussions avec Jean-Claude. Poser le pour et le contre, respirer, prendre mon temps, voilà ce qu'il m'a dit, enfin ce qu'il m'a invitée à faire. Ce sont mes choix, mes décisions, ma vie !

— Allo Vincent ?
— Oui, ma puce.

Je ne le laisse même pas commencer sa phrase.

— Je reviens dans 5 jours. On réessaye autrement comme tu proposais.
— Oh, vrai de vrai ? Ma poupée, je t'aime. Tu vas voir.

Poupée, je suis une poupée maintenant. C'est bof comme marque d'affection d'un homme envers une femme. Sans trop y croire, je raccroche. C'est ma décision.

Il prépare le nid d'amour pour mon retour. Tout fougueux et joyeux, il m'affuble de nouveaux surnoms : « ma poupée », « mon ange », « ma dulcinée », sans oublier le traditionnel « amour ».

J'annonce la nouvelle à Béa, elle ne comprend pas ma décision, mais ne dit mot. C'est comme ça. Point. Nos conversations ne se limitent plus qu'à « tu prends les clefs, tu vas faire des courses, que veux-tu manger, je vais aux w.-c. ». C'est d'une horreur, d'un banal, je n'aurais jamais imaginé ça avec ma Béa, et pourtant. Je n'ai rien à lui dire, pas tout de suite. Je dois faire ce pas seule, elle doit me faire confiance.

— Elsa ?

Ouille, pas de « ma poulette », elle m'appelle « Elsa ». C'est du sérieux !

— Béa, fais-moi confiance, s'il te plaît. Arrête de me donner des conseils !
— Non, ce n'est pas ça. Juste avant que l'on se quitte, j'ai encore une chose à t'avouer. Je t'aime, Elsa. Depuis notre première rencontre.

Elle m'embrasse sur la bouche. C'est impossible pour moi de gérer ça maintenant. Ce n'est pas le bon timing. Pourtant, c'est délicieux. Elle enlace passionnément, ma Béa ! Je la range dans mon cœur.

Et je lui dis au revoir.

Pour trouver son bonheur, il faut en ch   !

Chapitre 22

Dans l'avion, on est toutes les deux calmes. Plus de rires complices, de regards coquins, plus rien ! Elle m'ignore pour me montrer sa désapprobation. Qu'elle ait raison ou pas, c'est ma vie ! Je perds mon amie, pour un temps. *Je l'espère.*

Un whisky ! Je n'aime pas le whisky mais j'en veux. Pourquoi diable je bois du whisky si je n'aime pas ça ? Par habitude peut-être, parce que j'ai vu d'autres en boire. Heureusement, il n'y en a pas dans l'avion.

Je me réveille à l'atterrissage. On prend chacune nos bagages et on se quitte dans le hall, sans se toucher, sans s'embrasser, sans se regarder dans les yeux, sans même se dire un mot. J'en ai froid dans le dos.

Je passe la douane avant elle, elle ne doit pas me voir pleurer dans mon écharpe. Elle est sortie de mon champs de vision, je retrouve mes esprits. Je prends le train, puis le bus. J'ai demandé à Vincent de ne pas venir me chercher à l'aéroport.

Je retourne chez lui.

Les lumières sont tamisées, il a sorti le grand jeu. *Oui, mais jusqu'à quand ?*

L'appartement est aménagé comme je l'aime. Le pêle-mêle et la petite table dans le salon sont exposés bien en vue, comme pour me dire « tu vois, je t'ai écoutée ».

— Tu as vu ? demande-t-il, en pointant du doigt le pêle-mêle photos. Je l'ai finalement acheté. Tu as raison, il est magnifique.

J'ai raison maintenant, on aura tout vu ! Je souris. *Pas trop vite, Elsa.* Dans la chambre à coucher, le sol est parsemé de pétales de roses de toutes les couleurs. *Encore, il abuse !*

Tel un paon, il commence à me faire sa danse de l'amour. D'abord son sourire et ses yeux rieurs.

Un charisme fou ! Je ne suis pas insensible. Il le sait. Il me touche. Ça ne me fait rien du tout, j'ai presque envie de vomir. Je continue mon inspection, l'air de rien. Je me force à dire quelque chose :

— Ça sent bon, dis donc.
— Oui, je nous ai fait un couscous poulet citron, ma chérie, s'exclame-t-il, tout heureux de me l'annoncer et surtout que j'aie remarqué.

Je ne vais pas y arriver ! Il cuisine. Il m'appelle « ma chérie ». J'ai envie de vomir. J'essaie de me calmer.

— Comme tu es belle ! Le soleil t'a fait beaucoup de bien.

Merci. *Et rien d'autre. Je joue la conne. Souris !*

Il m'embrasse. Je me sens froide à l'intérieur, il me dégoûte, je vais lui gerber dessus ! Non pas encore. Je fais un effort. Sa bouche se plaque sur la mienne et sa langue se glisse dedans. *Est-ce que je veux ça ?*

— Tu m'as manqué tout ce temps !

Oui ça, j'ai compris avec les 1001 coups de téléphone.

— J'ai réfléchi. Faisons un enfant.

Il réfléchit maintenant ! Et me prend pour une conne. Encore.

— Je veux fonder une famille. Tu es ma famille.

Non, non et non il ne manquait plus que ça ! Bon, il faut que je gère.

—Ah oui, quelle bonne idée ! On en parle un peu plus tard ? Juste je veux m'installer, d'accord ?

Mais je suis dégueulasse, je pense une chose et dis le contraire.

Mon arrivée se déroule sans dispute, sans pleurs et sans reproche. C'est reposant.

Je pense à Béa. Son visage imprimé dans mon cœur ressurgit dans mes souvenirs. Je la vois dans sa cuisine, avec son verre de vin à la main, en train de m'expliquer sa fameuse recette de spaghetti bolognaise. Je ne l'ai pas oubliée, cette recette. Je souris en me remémorant cette scène, un vrai plaisir. Elle me manque. *Déjà !*

Vincent me prend la main et me dirige vers la chambre. Il me couche tendrement sur le lit, me serre fort dans ses bras et m'embrasse dans le cou.

— Ah non ! Pas de suçon ! C'est trop con, puéril et vulgaire.

Surpris par ma réaction, il ne dit rien et passe à autre chose. Il m'embrasse encore, me déshabille. Balade sa main sur mes seins et ma foufounette. *Ah non, pas là, j'ai mal !*

— Quoi ?
— Rien, juste, ça me chatouille.

Il se rallonge sur le dos à côté de moi et pousse un gros soupir.

— T'es pas la même finalement. Avant, tu aimais ce genre de caresses.

Je dis quoi ? Je dis quoi ? Vite, Elsa !

— Je ne crois pas, peut-être. Ça fait longtemps, aussi. Tu m'as manqué. Avec Béa, on a parlé…
— Béa ! crie-t-il.

Merdouille, j'ai lâché le nom qu'il ne fallait pas !

— Tout ce temps, tu étais je ne sais où avec Béa ?

— Oui, bon, je t'explique, dis-je, en essayant de minimiser ma bourde.

— Tu ne m'expliques rien du tout ! Tu es à moi ! Tu es ma salope !

Qui a dit :

« Chassez le naturel et il revient au galop » ?

Soudain, il m'attrape les poignets et les attache aux barreaux du lit. Il me gifle. Encore et encore. Toutes ses belles promesses, envolées. Mon psy me l'a bien dit, il faut un temps d'adaptation entre la raison et les sentiments. Il s'enfonce dans mon corps. J'ai mal, mais je fais de mon mieux pour le repousser.

— Tu aimes ça, salope, martèle-t-il.

Finalement, je ne crois pas qu'il puisse changer.

Des larmes coulent sur ma joue, mais c'est de la colère. Lui prend cela pour du plaisir. Je ferme les yeux et le visage de Béa apparaît au-dessus de moi. Une image floue, sensuelle, dans le style David

Hamilton, tandis que Vincent se déchaîne sur moi. Il croit m'avoir.

Les jours suivants, Vincent retourne travailler, comme si rien ne s'était passé. Il m'embrasse amoureusement avant de partir.

— Fais la grasse matinée, il faut que tu sois en forme pour moi ce soir !

J'ai même droit au café du matin. Monsieur s'en va. Monsieur rentre quand il veut. Monsieur fait ce que bon lui semble. *Monsieur ne perd rien pour attendre !*

Un samedi matin, je me réveille. Il est déjà parti. Béa me manque. Je ne peux rien lui dire, pas encore, pas maintenant. Alors, je décide de me faire plaisir. C'est tellement bon et beau que ça en devient poétique. Quand mes émotions sont profondes, je deviens pudique. J'ai appelé ce moment ma « méditation ».

Je ferme les yeux, je visualise Béa. Je la sens, je la vois, je la touche. Je me caresse, je me visite, je me taquine. C'est chaud comme une eau douce. Je soupire. J'ondule, je me dandine. Ma respiration s'accélère, je mousse. J'ouvre les yeux, coquine. Non, personne, ouf ! Je soupire. Je me laisse aller dans ma piscine. Ma tête tourne, une chaleur brûlante me consume. Ses courbes me déracinent. Je meurs toute seule ! Je respire, et le long de mes cuisses dégouline, ta présence m'éclabousse.

De méditations en réflexions, il y a un moment où il faut changer de vitesse et ce matin, j'en ai marre ! Je passe à l'étape suivante. Ce matin, je lève pendant qu'il prend sa douche.

Je lui prépare son thé. *Le thé de son imagination*. Un bon thé. Celui qu'il a tant voulu, espéré et qu'il m'a inspiré. Nul doute, il est étonné. *Ne rien faire de suspect*. Un bon petit déjeuner. Le remercier de m'avoir permis de me reposer durant toute cette période. *La bonne excuse*.

— Tu te lèves ?
— Oui, je prends mon petit déjeuner avec toi. Je nous ai fait du pain perdu et une omelette. Et ton thé.

Beurk, je vais vomir. Souris. Fais semblant de rien.

Je n'y connais pas grand-chose aux plantes, mais Béa m'a indiqué toutes les caractéristiques des plantes en Espagne. Ce n'est pas tombé dans l'oreille d'une sourde. Les feuilles de laurier rose, c'est du poison, m'a-t-elle dit. Je n'en ai pas mis suffisamment pour l'éliminer, juste pour le rendre bien malade. Il sera seul et malade, sans comprendre, pendant plusieurs jours.

En le voyant boire son thé et manger son omelette, je jubile.

— Merci, ma chérie.
— De rien, avec plaisir.

Nous avons fini de manger. Il m'embrasse en me claquant la fesse. *Comme d'hab.*

— Prépare-toi pour ce soir, me dit-il.
— Oui, réponds-je, sans poser de question.

Je vais dans la salle de bain, lui s'en va au travail.

Hasta la vista ! Bon débarras ! Secrètement, j'ai tout préparé dans la salle de bain. Je vérifie que sa voiture est bien partie. Allez zou, plus de temps à perdre ! La teinture est prête, temps de pause, 20 minutes. Je rassemble les sous que j'ai cachés ces deux derniers mois dans tous les recoins de l'appartement.

Ne mettons pas tous les œufs dans le même panier !

Comme je l'ai répété 10 millions de fois dans ma tête, je prends mes affaires et je récupère mon argent. Tout ce que j'ai pu mettre de côté sans éveiller ses soupçons. Ma cagnotte est sur le lit, je fais les comptes : la coupe, la teinture. 20, 50, 100, 145, 170… 206 euros et vingt centimes.

J'ai tout payé à l'avance pour trois mois. Juan a été sympa de me faire confiance. Je trouverai vite du travail, qu'il a dit.

La musique à fond la caisse, je me tortille d'excitation. Jamais je ne me suis sentie si heureuse. Je déborde d'énergie, je ris et saute dans tout l'appartement. J'ouvre tous les placards. *Non, je lui laisse le bordel.* Je suis si contente.

Enfin, ma décision est prise, ma place est au soleil, avec vue sur la Méditerranée et le balcon de l'Europe, mon nirvana. Dans un an, je prendrai une *finca* avec un cheval, j'ouvrirai mon *bed & breakfast*, un lieu de rencontres et de partages, de convivialité, avec des balades, des discussions et des rires.

Tu vois, tout arrive, mon Papinou. Je suis enfin amoureuse de moi. J'ai muri. Oui, j'ai encore du boulot. Jean-Claude me l'a bien fait comprendre.

D'ailleurs, il m'attend et cela me réjouit de continuer ce travail avec lui. J'ai confiance en lui, il me respecte et m'incite à réfléchir.

Ce périple m'a fait prendre conscience de la valeur et de la signification de mon bonheur. Grâce à Béa aussi, je vis ! Avec un accomplissement et une joie, une satisfaction d'aboutir à quelque chose, d'être moi, avec tout que cela comporte.

Toi, mon Papinou, tu me manques toujours autant. À jamais, tu es dans mon cœur, puisqu'il faut que j'accepte de ne jamais de te revoir.

Je n'ai plus contacté Béa depuis notre dispute. Je vais le faire. La vie sans elle est impensable. Elle a soulevé ce voile qui m'a étouffée toutes ces années. J'ai découvert un monde, le mien. Celui où je me vois, celui où je me suis libérée de ces chaînes, de ce poids sur mes épaules. Elle m'a encouragée à imaginer le monde où je voulais vivre. Elle m'a tendu sa main et offert son cœur. Je le réalise, maintenant. Elle a touché mon âme, et grâce à elle, je suis moi. Elle m'aime.

Je me l'accorde et l'accepte. D'aimer les femmes.

J'aime une femme.

Pour trouver son bonheur, il faut en ch   !

Épilogue

Salut Béa,

Je t'envoie ces quelques mots de cœur depuis Nerja, où je me suis installée, où je vis, où je m'aime.

D'après Jean-Claude, écrire ma lettre de gratitude fait office de pansement, de guérison et de réflexion. Alors je me lance, comme il m'a invitée à le faire, sans m'y obliger. Tu sais comment il est. Il me donne le choix sans me juger et avec une acceptation totale. J'adore cette liberté. Alors, j'ai décidé de t'écrire cette lettre de gratitude, car c'est beaucoup plus qu'un merci que je veux poser avec mes mots dans cette lettre. C'est une reconnaissance d'avoir été présente, sans aucun jugement, dans tous mes déboires ainsi que dans les recherches de mon existence.

Tu m'as devinée avant même que je ne me comprenne et me voie de l'intérieur. Toi, Béa, tu as surtout cru en moi. Tu as vu mon potentiel, mes qualités. Et pas seulement mes défauts, les choses que je dois améliorer pour rentrer dans la norme de la société. Tu as accepté mon être tout entier, comme je suis, les bras grands ouverts. Je suis honteuse maintenant, je me rends compte que j'ai été tellement centrée sur ma petite personne que je n'ai pas pu te rendre la pareille. Je réalise cela aujourd'hui. Je te suis reconnaissante de m'avoir ouvert les yeux, de m'avoir fait réfléchir et de m'avoir secouée.

Longtemps, je me suis comparée à la lettre i, à laquelle il manque le point ou le chapeau. Une personne incomplète, au fond d'elle. Je n'ai pas saisi tout de suite la raison d'être de ce sentiment d'être différente. J'ai mis cela sur le dos des reproches habituels sur mes idées ou façons de faire, ou par rapport à mon éducation, la société dans laquelle j'ai évolué. Comment identifier quelque chose si tu n'en as jamais entendu parler ? Je pensais qu'il fallait que je sois comme les autres pour me sentir complète.

Être différente m'a toujours habitée, pas par orgueil mais par manque. Petite, j'ai souvent imaginé avoir eu un frère jumeau mort-né, dont mes parents m'auraient caché l'existence. Mais non !

Ma « fantaisistique » existait déjà. Toi, tu m'as permis de l'exprimer cette « fantaisistique », d'élargir ma vision sur le monde et la société. Tu m'as montré par ta présence et tes actions que nul n'a besoin d'exister avec un.e autre pour se sentir complèt.e.

Que tout seul.e on est déjà complèt.e. Qu'un.e autre ne comble pas ce vide. Tu as enrichi mon horizon de pensées. Merci du fond du cœur.

Le cœur, parlons-en aussi. Aimer et vouloir être aimée d'une seule façon, juste pour faire comme les autres, ne me correspond pas. Ma dualité est telle que je suis autre mais quand même comme les autres. C'est à n'y rien comprendre. Être dans ma tête n'est pas chose facile, je te l'accorde. Je suis très tordue... parfois.

Pourtant, c'est bien toi qui m'a offert ces nouvelles lunettes. Cette unique nuit que nous avons passée ensemble, malgré notre état d'ébriété avancé, je ne l'ai pas oubliée. Plus le temps passe, plus les souvenirs me reviennent. Je m'en veux de t'avoir menti.

J'étais trop lâche, c'était trop pour moi, je te l'avoue aujourd'hui. J'ai renié ce moment magique, je l'ai balancé comme si cette nuit avait été insipide et incolore. C'est tout le contraire !

J'ai joué avec tes sentiments, avec ton amour et je t'ai blessée. Oui, j'ai eu peur de porter encore plus de poids sur mes épaules. Je n'ai pas eu le cran et le courage d'être moi. Par habitude, j'ai fait comme les autres, du moins je m'y suis appliquée. C'est un peu comme ta première cigarette. Tu tousses, ton corps te dit que ce n'est pas bon pour toi. Pourtant, tu continues, parce qu'en face, ils le font aussi. Tu crânes pour être toi, pas encore et pas tout à fait.

Aimer les femmes. Depuis longtemps, je les aime sans les nommer. Pour ne pas sortir du lot, être pareil, mais pas pareille. Croire que je dois faire ce choix, qui, au bout du compte, est une évidence, comme le nez au milieu de la figure ! Ce n'est pas un choix ! Je suis passée par plusieurs étapes nécessaires pour en être pleinement consciente. Au début, je n'ai pas réalisé, puis je me suis posée quelques questions, mais pas les bonnes. Ensuite, j'ai essayé d'oublier, de refouler tous ces sentiments et ces questions.

Sauf qu'un jour, je me suis réellement vue. Eh oui, j'ai un nez au milieu de la figure ! Y a plus de doute et de déni possibles. J'aime les femmes.

En approfondissant le sujet avec Jean Claude, il m'a conseillé d'aller en parler à un groupe d'entre-aide pour LHBT. J'y suis allée. J'y ai été accueillie à bras ouverts et présentée à tout le monde, comme dans une famille bienveillante.

Pour la première fois de ma vie, je ne joue plus de rôle. Je suis moi, je m'apaise et me tranquillise. Je suis libérée de ce poids. C'est tout le contraire de ce que j'appréhendais. J'apprends aussi à vivre seule, à apprécier cette solitude et à poser des mots sur mes sentiments.

Encore une fois, je t'ai menti, encore des excuses, me diras-tu. En tout cas, j'espère qu'il n'est pas trop tard, que je ne t'ai pas fait trop de mal, que le point de non-retour n'a pas été atteint. C'est ici que ma lettre de gratitude se transforme en lettre d'amour.

Une demande de continuation, une demande de partager notre vie ensemble.

Ton regard, ta voix hantent mes nuits. Je t'aime, toi. Ton sourire est dans mon cœur. Vivre sans toi me ronge. C'est la vérité. Mon amour pour toi est réel. Je ne résiste plus, je ne nie plus. Je suis moi et je t'aime.

« Toi et moi contre le monde entier », comme dirait Cloclo.

Je te remercie de m'avoir fait vivre, car je vis !

Je t'aime,

À bientôt,

Ta poule,

Elsa.

Remerciements

Un rêve d'adolescente qui enfin se réalise. Car des chapitres 1, j'en ai écrit des tonnes. Je me suis imaginée de nombreuses fois l'auteur(e) enfermé(e) dans sa cabane au fond de la forêt, qui te pond un bestseller au bout de deux mois.

J'ai arrêté de rêver en découvrant le travail que cela implique d'écrire un roman. Tu parles d'une science infuse !

Heureusement, mon envie d'écrire a été plus forte (et l'est toujours). Aussi, j'ai eu le bonheur et la chance de rencontrer de belles personnes, bienveillantes, qui m'ont accompagnée, encouragée et tellement apporté. J'en suis très reconnaissante.

Sans ce soutien et cet accompagnement professionnel, ainsi que le soutien de mon cercle d'ami(es) et de ma famille, je n'aurais jamais pu le finaliser, ce roman.

Alors à toutes et tous,

MERCI

À propos de l'Auteure

De la Survie au Bonheur, mon chemin pour y arriver. Une contemplation de la vie, un planning, des choix, des rires et des mots.

Mon feelgood veut être la base du bonheur que chacun recherche chaque jour avec espoir.

Coach de vie, conférencière, thérapeute du rire, professeur de natation et auteure, j'utilise la psychologie positive, pour donner du pouvoir aux femmes dans chaque partie de leur vie.

Je vous aide à retirer le mystère de tout ce que vous avez toujours rêvé de créer. Dites bonjour à l'œuvre de votre vie. Ça commence maintenant.

Je le fais par le biais de mon programme **#ouvretaporteà**, par mes ateliers, mes conférences et mes écrits.

Mes rêves en rapide : une suite d'Elsa et Béa, une pièce de théâtre, une nouvelle histoire, écrire des slams, pourquoi pas les réciter, les éditer. Te rencontrer. Oser découvrir et commettre des erreurs.

Et toi ?

Restons en contact

Restez au courant de tout ce qui concerne #ouvretaporteà en me suivant sur les médias sociaux.

S'il y a autre chose que vous aimeriez apprendre à mon sujet ou si vous avez des questions, faites-le moi savoir en m'envoyant un courriel à :

nathalienkoeneauteure@gmail.com

nabarrocoaching@gmail.com

****

www.nathalienkoene.com

www.nabarrocoaching.com

****

Instagram | Nom d'utilisateur : @nathalienkoene_auteure

Facebook | Groupe Nathalie N. Koene (Privé)

Services de presse sur les réseaux

« Malgré une impression de légèreté, l'auteure nous met face à la brutalité de la vie. »

@sachacurieuselit | INSTA

« Une histoire qui nous fait réfléchir »

@Lirepourleplaisir27|FB

Pour trouver son bonheur, il faut en ch   !

© 2021 N.Koene, Nathalie
Édition : BoD – Books on Demand, info@bod.fr
Impression : BoD – Books on Demand,
In de Tarpen 42, Norderstedt (Allemagne)
Impression à la demande
ISBN : 978-2-3224-0642-5
Dépôt légal: Mai 2021

Pour trouver son bonheur, il faut en ch   !